Novellen@**Type:Writer**

Band 1

SCHATTENBAHNHOF

AF205286

Sascha Andre Michael

SCHATTEN BAHNHOF

Horror-Novelle

Novellen@**Type:Writer**
Band 1

Bibliografische Information der Deutschen Nationalbibliothek:
Die Deutsche Nationalbibliothek verzeichnet diese Publikation in der
Deutschen Nationalbibliografie; detaillierte bibliografische Daten sind
im Internet über http://dnb.dnb.de abrufbar.

www.Facebook.com/SaschaAndreMichael
www.Facebook.com/TypeWriterBucharest

Herstellung und Verlag:
BoD – Books on Demand,
Norderstedt

ISBN: 9-783-7448-1337-2

Erstes Kapitel

DIE DUNKLE HALLE (I)

Es fährt ein Zug nach nirgendwo
mit mir allein als Passagier,
mit jeder Stunde, die vergeht,
führt er mich weiter weg von dir.

Es fährt ein Zug nach nirgendwo,
den es noch gestern gar nicht gab,
ich hab gedacht, du glaubst an mich
und dass ich dich für immer hab.

(*Christian Anders, Es fährt ein Zug ...*)

1

Irgendwo auf dem brachliegenden und von Sträuchern und Unkraut überwucherten Industriegelände blieb das Mädchen mit dem rabenschwarzen Haar so abrupt stehen, dass Gellert, tief in Gedanken, sie fast umgerannt hätte.

Er klang aufgeregt, als er fragte: »Ist was? Haben Sie was gesehen?«

»Ich glaub schon«, sagte sie und schirmte mit der Hand ihre eisblauen Augen vor der tief stehenden Herbstsonne ab. Dann schaute sie sich konzentriert um. Leider ohne das erhoffte Ergebnis.

»Nee, das war doch keine Eisenbahnschwelle«, sagte sie. »Wieder nur ein dämlicher Baumstamm.« Gellert konnte ein frustriertes Seufzen von ihr hören, dann fluchte sie: »So ein *Fuck!* Ich meine, irgendwo muss hier eine Spur zu finden sein ... ein Hinweis ... irgendwas, oder? Wir *sind* hier richtig. Nicht einmal Sie können uns zweimal in die falsche Richtung dirigieren.«

He, das lag nicht an mir, das lag an dieser unpräzisen Karte, wollte sich Gellert rechtfertigen. Dann aber sah er das Grinsen und Zwinkern seiner hübschen Komplizin und wusste, dass er wieder einmal in einen ihrer bissigen Scherze getappt war wie in eine Bärenfalle. Doch selbst ohne dieses eindeutige Zwinkern hätte er zugeben müssen, wie kindisch und vor allen Dingen unzutreffend seine Ausrede gewesen wäre. Immerhin *hatte* er die Karte falsch gelesen und sie in einen unnötigen Umweg dirigiert, so schwierig die Schrift und Zeichnungen ihres Informanten auch zu entziffern gewesen sein mochten. Also hielt er den Mund.

»Ich sag doch, Berndie, Sie holen nicht genügend Spaß aus Ihrem Leben.« Maike Tiersen kicherte und machte einen energischen Schritt voran, verhakte sich dabei jedoch in einer Wurzel. Jählings verschwand sie aus Gellerts Sichtfeld, fand sich auf den Knien im struppigen Unterholz wieder.

»Nach Mekka geht es aber Richtung Osten«, sagte Gellert, ohne eine Miene zu verziehen. Galant hielt er ihr die Hand hin, um ihr hoch zu helfen.

»Sie lernen schnell, Berndie«, sagte sie, während sie sich Tannennadeln und Blätter von den langen Beinen und ihrem schwarzen Rock klopfte. »Aber Sie sind auch nicht der erste, der sich wundert, dass ich immer auf meinen Knien zu enden scheine, wenn ich weggehe.«

»Müssen Sie eigentlich immer das letzte Wort haben?«

»Besser als den letzten Atemzug«, sagte sie, machte einen großen Schritt über die tückisch aus der Erde ragende Baumwurzel hinweg und stapfte weiter in den abgelegenen Forst hinein, ihr Begleiter immer ein, zwei Schritte hinter ihr, die handgezeichnete Karte im Block.

Als hätte es das Schicksal gut mit ihm gemeint, war es tatsächlich Gellert, der kurz darauf den entscheidenden Hinweis entdeckte. Vor den zwei Suchern ragte ein alter Metallmast in die Höhe, so dicht von einigen Pflanzen umrankt, dass man ihn auch für einen Baumstumpf hätte halten können. Doch der rostige, auf ewig »Halt!« anzeigende Signalarm verriet ihn als Relikt der Industriebahntrasse, die hier einmal verlaufen war.

»Na also!«, sagte Gellert mit tief empfundenem Triumph in der Stimme. »Wir haben es geschafft!«

»Ja, hier verlief das Gleis zur Halle 16«, sagte Maike feierlich und wühlte mit dem Fuß ein wenig jenes groben Schotters auf, der unter Eisenbahnschienen zum Einsatz kam. »Jetzt müssen wir nur noch dem Bahndamm folgen. Berndie, wir sind *ganz* dicht dran … spüren Sie es?«

Er nickte stumm. Mehr noch als das spürte er allerdings seine schmerzenden Füße, die Kratzer an seinen Armen, die Schrammen an den Beinen … sowie dieses schuldbewusste Prickeln, das einen stets daran erinnert, dass man sich bei einer nicht ganz lupenrein legalen Aktion befindet. Dann jedoch, keine hundert Schritte weiter, manifestierten sich endlich die dunklen Umrisse ihres Zieles im grünbraunen Dickicht, und alle Schmerzen und Sorgen waren vorerst vergessen.

»Donnerwetter!«, sagte er und musste schneller gehen, um mit seiner Begleiterin mitzuhalten.

»Wir haben es gefunden!« Sie jubelte und zeigte auf einen verwitterten Schriftzug, der hoch an der Backsteinmauer des lang gezogenen Gebäudes prangte: *Halle 16 – Lackiererei Lokomotiven.* Darunter war ein weiteres Schild angebracht, an dem der Zahn der Zeit nicht minder genagt hatte: *Mittelbayerische Privat- und Museumsbahn e.V.*

»Mann, was *sind* wir für ein Team, oder?«, sagte Maike und versuchte, durch ein Fenster zu spähen.

»Sehen Sie was?«, fragte Gellert.

»So gut wie nichts.« Das Mädchen schüttelte den Kopf und prüfte die nächsten Fenster. »So ein Mist! Das sind alles getönte Scheiben. Da ist nichts zu machen. Ich meine, irgendwas *ist* da drinnen in der Halle, etwas Großes, das kann man zumindest erkennen. Nur nicht, was es ist. Das könnte die Lok sein ... ziemlich sicher sogar.«

»Nicht unwahrscheinlich«, sagte Gellert und drückte die Nase gegen das blinde Milchglas, in das sich von beiden Seiten während der einsamen Jahre dicke Schichten von Dreck, Ruß und Staub eingebrannt hatten. Auch er sah diesen riesigen Umriss im Inneren des Gebäudes, ohne die Formen wirklich deuten zu können. »Das könnte sie sein, aber auch etwas ganz anders.«

»Ein abgestellter Altkleidercontainer der Heilsarmee oder die Kiste mit dem Sarkophag von Tut-Ench-Amun?«

»Zum Beispiel. Wir brauchen *direkten Sichtkontakt.*«

»Wie es im Krimi so schön heißt«, sagte Maike.

Sie gingen einmal komplett um die Halle herum, bis die zwei Sucher ernüchtert vor jenem riesigen Metalltor standen, durch das die inzwischen abgetragenen Schienen früher ins Innere der Werkshalle geführt hatten. Hier waren die Fenster zwar etwas durchsichtiger, doch ein paar ungünstig positionierte Balken verhinderten immer noch jeden direkten Blick auf den mysteriösen Koloss da drinnen.

Gellerts hübsche Gefährtin rüttelte auf gut Glück ein paar Mal am Türgriff, doch das schwere Rolltor rührte sich nicht. Es schien besonders mühevoll verriegelt, vielleicht sogar zugeschweißt worden zu sein. Das dumpfe, metallene Grollen der Pforten in ihren rostigen Führungsschienen klang wie ferner Donner und ließ einen Schwarm verschreckter Vögel aus dem Forst abseits der Halle aufsteigen.

Gellerts Beklemmung kehrte schlagartig zurück. *Was, wenn das jemand gehört hatte?* Sicherlich waren sie hier völlig alleine; die nächste noch in Betrieb befindliche Anlage auf diesem ausgedehnten Industrieareal war mindestens einen Kilometer entfernt. Und dennoch war ihm der Gedanke extrem zuwider. Er hatte während der zahllosen Recherchen für seine Eisenbahn-Sachbücher eine Menge guter Kontakte, fast schon Freundschaften innerhalb der Deutschen Bahn, privaten Eisenbahngesellschaften und der Industrie geknüpft, unerlässlich bei seiner Arbeit. Wenn man ihn nun als unbefugten Eindringling (er ging sogar noch weiter und dachte: als *Einbrecher!*) hier antraf, würde das ernsthafte Konsequenzen haben, keine Frage.

Er schreckte aus seinen Sorgen hoch. Die junge Frau hatte etwas gesagt: »Na schön - geben Sie mir mal die Taschenlampe, Berndie.«

Geistesabwesend nickend gab er ihr die große Stabtaschenlampe mit dem Stahlgehäuse, die er an der rechten Hüfte hinter den Gürtel geschoben hatte. »Bitte schön. Die Batterien sind ganz voll, ich habe neue eingesetzt.«

»Mir egal«, sagte Maike. »Ich will damit eh nur das Fenster einschlagen.«

»Ach so, na dann.« Erst danach dämmerte ihm, was genau sie gesagt hatte. »Sie wollen *was?*«

»Andere Vorschläge, wie wir da rein sollen?«, erkundigte sich Maike. »Wir stehen vielleicht so kurz vor unserem Ziel, wollen Sie jetzt aufgeben, weil wir eine verdammt Glasscheibe zerteppern müssen?«

10

»Na ja ... also ... ich ...« Gellert räusperte sich. In ihm tobte ein Zwiespalt der Gefühle.

»Sorry, aber dann hätten wir gar nicht erst anfangen dürfen, oder?«, sagte Maike. »Ich meine, es ist ja nun wirklich nicht die erste illegale Tat, die wir auf dem Weg hierher begangen haben, oder? Muss ich Sie erinnern, dass wir mehrere Sicherheitszäune überwunden und einige Warnschilder großzügig ignoriert haben, um hierher zu kommen? Und nu' bekommen Sie Muffensausen wegen einer lumpigen Scheibe? Direkt vor der Ziellinie? Berndie, ich *bitte* Sie! Wir sind hier alleine. Dieser Teil der Anlage ist schon seit Jahren stillgelegt, wie Sie wissen. Die ersten Hallen meines Brötchengebers, wo noch gearbeitet wird, liegen *viel* weiter da drüben.«

Sie winkte in Richtung der Rauchschwaden, die aus kirchturmhohen Industrieschornsteinen quollen und dann den Herbsthimmel mit Kohlezeichnungen versahen.

»Ja doch, Sie haben recht«, sagte er. »Also tun Sie's!«

»Glauben Sie mir – ich mache das *nicht* zum ersten Mal!«

Das glaubte Gellert ihr aufs Wort.

Schon holte sie mit der Taschenlampe aus ... und mit einem fürchterlich lauten Klirren splitterte die Scheibe. Gellerts Nackenhaare stellten sich auf. Sofort schlug die junge Frau nochmals zu, dann wieder. Nach kurzer Zeit hatte sie den Fensterrahmen von allen Scherben gereinigt. Schließlich stemmte sie sich auf den Sims, wobei für mehr als nur einen Moment ihre violette Seidenunterwäsche unter dem Rock hervorspitzte, und glitt elegant ins Innere der Halle.

2

»Fuck!«, rief Maike, noch ehe ihre Füße den Boden berührt hatten. Sie klang aufgeregt. *»Berndie, schauen Sie sich das an!«*

Eigentlich war kaum etwas zu sehen, ein Ausschnitt, nur Teil der Front, mehr nicht. Doch es *war* unverkennbar eine Lokomotive der legendären Baureihe V200, die da inmitten der abgeschiedenen Halle ein ödes, gottverlassenes Dasein fristete. Zu typisch waren die elegant geschwungenen Formen, jene fast schon femininen Rundungen, in welche die hohen Fenster des Führerstandes und das Stirnlicht auf seltsam verführerische Weise eingebunden waren; ein Symbol für die neue, aufregende Zeit, in welche die Bundesbahn der 50'er Jahre die Bürger des Wirtschaftswunderlandes befördern sollte. Selbst das hypnotische Purpurrot des Außenblechs und die erhabenen verchromten Zierleisten waren, wenn auch von der Sonne ausgebleicht, noch erahnbar.

Gellert fühlte eine heftige Gefühlsaufwallung in sich.

»Das *ist* eine V200, ja«, flüsterte er mit unverhohlener Ehrfurcht in der Stimme. »Jetzt kommt es auf die Registriernummer an. Na los, beeilen wir uns, Maike!«

Rasch kletterte auch er durch das aufgebrochene Fenster, und es war ihm völlig egal, dass er sich dabei das Bein ein wenig aufriss und Blut durch seine Cordhose zu sickern begann. Mit einem aufregenden Kribbeln überall im Körper, das bei jedem Schritt in Richtung der Lok stärker wurde, durchquerte er jenen Schattenbahnhof, der sich da still und weihevoll wie eine Gruft vor ihm ausbreitete.

Zweites Kapitel

Maike und Bernd

1

Für Maike Tiersen hatte diese kuriose Geschichte wenige Wochen zuvor begonnen, als sie einen geölten und professionellen Sermon in ihren Telefonhörer flötete:

»Siemens-Krafft-Martin Lokomotivbau, Archiv, Apparat von Doktor Kofler.«

»Ja, hallo«, sagte die sanfte Stimme am anderen Ende der Leitung. »Ich hätte gerne Herrn Doktor Kofler gesprochen.«

»Ach, ich *kenne* Sie – Sie sind Bernd Gellert, der Autor, nicht wahr?«, erwiderte Maike fröhlich. »Sie schreiben diese Lokomotivbücher. Mein Boss nennt Sie immer *den Stephen King der Eisenbahnliteratur* ... das sind Sie doch, oder?«

»Ja, ja, so ist es«, sagte der Anrufer kurz angebunden. »Aber ich bräuchte jetzt dringend Herrn Doktor Kofler.«

»Oh, tut mir leid«, sagte Maike. »Das können Sie ja noch gar nicht wissen: also, mein Chef liegt seit letzter Woche im Krankenhaus. Nein, keine Sorge, es ist nichts Lebensgefährliches. Aber, ähm, unangenehm. Es war ein Fahrradunfall, wissen Sie? Ist auf einer Pfütze ausgerutscht und in den Straßengraben geflogen. Hat sich das Schlüsselbein und den rechten Arm gebrochen.«

Gellert stöhnte ins Telefon: »Ach du schöner grüner Wald!«

Maike kicherte. *Das* war vielleicht ein altmodischer Ausruf des Erstaunens. Den hatte sie vor vielen Jahren zuletzt bei ihrer Oma gehört.

»Jedenfalls liegt er jetzt mit einem Oberkörpergips im Hospital und fällt mindestens zwei Monate aus«, fuhr sie fort.

»*Zwei Monate?!*«, sagte Gellert und klang nicht nur enttäuscht, er klang *am Boden zerstört*. »Wirklich zu dumm. Ich hätte dringend seine Hilfe gebraucht.«

»Tut mir echt leid«, sagte Maike und zuckte mit den Schultern, eine seltsame Geste am Telefon, aber in einer derartigen

Situation irgendwie tief in der menschlichen Natur vergraben.
»Tja, kann *ich* Ihnen vielleicht helfen? Wissen Sie, ich habe denselben Zugriff auf das Archiv wie mein Chef, sowohl auf das digitale wie auch auf das aus Papier.«

Er druckste merklich um die Antwort herum. »Danke für das Angebot«, sagte er schließlich. »Aber ich brauche einige sehr spezifische Infos zu einem bestimmten Thema, eher nichts alltägliches. Also das hier ist doch etwas für Doktor Kofler, wenn er zurück ist ...«

Damit geriet Gellert eindeutig an die falsche Person.

»Hallo?«, sagte Maike aufgebracht. »Mit allem Verlaub, wir schreiben das Jahr 2008, und ich dachte, diese Art von altväterlichem Chauvinismus wäre schon im Jahre 1991 ausgestorben. Wenn Sie mir das nicht zutrauen, dann ist das okay, aber *sagen* Sie es einfach.«

Das Schweigen, das nun in der Leitung summte, war von hochgradiger Peinlichkeit erfüllt. Dazu passte auch sein Tonfall, als er versicherte: »Nein, so hab ich das nicht gemeint, sicher nicht. Ich wollte nur sagen, dass ich ... also ich meinte doch nur, dass ich *sehr spezielle* Informationen suche, von denen ich nicht mal weiß, ob sie im Archiv zu finden sind, und ...«

Er räusperte sich. »Ehrlich, ich wollte sie nicht irgendwie beleidigen, Frau ...?«

»Tiersen«, sagte sie. »Ich bin Maike Tiersen.«

Daraufhin seufzte er. *Ein Zeichen, dass er sich geschlagen gab?* fragte sich Maike.

»In Ordnung, haben Sie was zu schreiben, Frau Tiersen?«, sagte er. *Na also.* Zufrieden nahm sie einen Kugelschreiber und einen Schmierzettel zur Hand.

»Schießen Sie los, ich bin ganz Ohr.«

Dies tat Gellert, er *schoss los*. Maike ließ sich die einzelnen Punkte seiner Liste diktieren, wiederholte sie nochmals und runzelte schließlich verdutzt die Stirn, als sie sah, welche Informationen der Autor benötigte. In jedem Fall würde dies eine gute Methode sein, um ihr Wissen über das Archiv noch zu vergrößern. Genau deshalb genoss sie die Aussicht auf die bevorstehende Detektivarbeit. Das war schon ein eklatanter Unterschied zu der unkreativen Stelle in der Telefonzentrale, die sie zunächst in der altehrwürdigen Krafft-Martin-AG besetzt hatte, bevor fast alle *Inbound*-Telefondienste in ein Call Center ausgelagert worden waren und sie mit viel Glück einen anderen Job innerhalb des zweitältesten deutschen Stahl- und Maschinenbaukonzerns ergattern konnte.

»Okay, betrachten Sie es als erledigt«, sagte sie. »Soll ich anrufen, sobald ich alles zusammengesucht habe?«

»Ja, das wäre gut«, antwortete Gellert und nannte ihr seine Festnetznummer. Danach legte er auf, und Maike Tiersen machte sich gewissenhaft an die Arbeit. Die junge Frau entdeckte dabei eine Seite an sich, von der sie nie geahnt hatte, dass sie sie besaß.

2

Die beiden grundverschiedenen Menschen, die ein paar Wochen später als Team in eine abgelegene Werkshalle einbrechen sollten, hatten nur ein paar Mal unbewusst und zweimal bewusst am Telefon miteinander zu tun gehabt. Daher ahnte keiner der beiden wirklich, wer oder was ihn während ihres ersten Treffens erwarten würde.

Beide waren dementsprechend gespannt, wobei Bernd Gellert dem Treffen sogar mit unleugbarer Nervosität und auch mit einem gewissen Fatalismus entgegensah. Er fürchtete immer noch, einen großen Fehler begangen zu haben, als er die Recherche an ein Mädchen übergab, das er nie zuvor gesehen hatte, und dessen einzige wirkliche Qualifikation die Tatsache darstellte, dass sie für einen Mann arbeitete, den Gellert sehr schätzte.

Sie verabredeten sich in einem Eiscafe in der Nähe des Münchner Hauptbahnhofs. Was Gellert schließlich dort an einem der hohen, runden Bistrotische erblickte, war eine schlanke junge Frau Mitte zwanzig. Sie hatte ein apartes, V-förmiges Gesicht. Über ihre schmale Nase waren Sommersprossen versprenkelt. Ihre fast schimmernd blasse Haut bildete einen verwirrenden Kontrast zu ihren strahlenden, eisblauen Augen, ihrer lockigen, rabenschwarzen Mähne (etwas *zu* rabenschwarz, um nicht zumindest nachgefärbt zu sein) und ihrer nicht minder düsteren Aufmachung: schwarze Bluse mit violetten Rüschen, schwarzes Top, knielanger schwarzer Samtrock, hohe schwarze Stiefel.

Man musste nicht auf der Höhe der Zeit oder auch der Mode sein (*was Gellert von allen Menschen auf dieser Welt wahrscheinlich am wenigsten war*), um zu erkennen, dass sie mehr oder weniger dezent zur Gothic- und Steampunk-Subkultur gehörte. Wenn Gellert besser über menschliche Trends informiert gewesen wäre und nicht nur die Umlaufpläne sämtlicher verbliebener E-Loks der legendären Baureihe 103 im Kopf gehabt hätte, wäre ihm vielleicht sogar der passende Begriff »Edel-Goth«, in den Sinn gekommen. So aber fand er einfach, dass sie wie eine sehr selbstbewusste Vampirfrau im hellen Tageslicht aussah (womit er eine der Faszinationen der Gothic-Jünger instinktiv gut erfasst hatte.)

Im ersten Moment war er noch unsicher, ob dies auch wirklich die Person war, mit der er sich verabredet hatte. Doch dann sah er auf dem Holzrondell vor ihr eine Mappe mit dem unverwechselbaren Logo der Krafft-Martin-AG, eines der bekanntesten Industriesymbole der Welt: eine Eisenbahnschiene im Querschnitt mit zwei Flügeln daran. Das hübsche Vampirmädchen musste also die Kontaktperson aus dem Vorzimmer seines Bekannten und zuverlässigen Informationsfinders Dr. Kofler sein. *Gott erbarme dich meiner!,* dachte er und räusperte sich.

»Hallo«, sagte er mit seiner milden Stimme und trat näher. »Sind Sie Frau Tiersen?! Ich bin Bernd Gellert.«

18

Maike sah von der Akte auf, in der sie geblättert hatte.

Für sie stellte sich der erste Kontakt mit ihrem zukünftigen Komplizen folgendermaßen dar: Ihr gegenüber stand ein knapp einsneunzig großer, schlaksiger Mann mit wuscheligem, sandfarbenem Haar. Seine intelligenten Augen musterten sie leicht distanziert hinter einer kleinen, runden Nickelbrille. Tatsächlich war er in seiner mehr als nur vagen Ähnlichkeit mit dem legendären Beatle John Lennon ziemlich attraktiv, aber er trug das fast schmerzhaft chaotischste Outfit, das Maike je hatte anschauen müssen: Unter einem quer gestreiften Pullunder in verschiedenen Grüntönen lugte ein babyblauer Hemdkragen hervor, dazu gab es khakifarbene Hosen und hellbraune Halbschuhe mit weißen Socken zu bewundern. Er krönte das ganze mit einem großgemusterten Sakko, das im besten Falle an eine 70er-Jahre-Tapete erinnerte und im schlechtesten an eine Bildstörung auf einem alten Farbfernseher.

Schlagartig wurden Maike drei Dinge klar: dieser Mann lebte todsicher alleine; er mochte der Stephen King unter den Autoren von Eisenbahnbüchern sein, aber sich anziehen konnte er noch weniger als Sherlock, ihre zahme Ratte, stricken; und die Information, die sie im Internet gefunden hatte, er würde zuhause keinen Computer besitzen, sondern immer noch mit einer alten mechanischen Schreibmaschine arbeiten, stimmte zweifellos. Keine Frage, dieser Mann kleidete sich nicht nur so, er *lebte* noch in den 70'ern, eine Ära, die Maike, 1984 in tristen Verhältnissen in Kassel geboren, nur von Bildern und dem Hörensagen ihrer Eltern kannte (wenn sich diese nicht gerade gezankt oder in der Eckkneipe mit Bier zugeschüttet hatten).

»Das bin ich, Maike Tiersen in Lebensgröße«, sagte sie. »Schön, dass Sie da sind, Herr Gellert.«

Er nickte ohne Erwiderung. Da dämmerte es Maike, dass das, was sie zuerst für eine gewisse intellektuelle Distanziertheit in seinem Blick gehalten hatte, eher eine ausgeprägte Schüchternheit war.

»Jetzt setzen Sie sich doch, hm?!« Sie trommelte verlockend mit den Fingerspitzen auf den zweiten Barhocker neben ihrem Bistrotisch. »Ich beiße nur auf Wunsch.«

Also setzte er sich, obwohl er alles andere als behaglich wirkte, wie er sich da niederließ. Dies mochte einerseits an dem hohen Holzstuhl liegen, wahrscheinlicher aber an Maikes Nähe, die auf jemanden mit weniger starkem Selbstbewusstsein als dem ihren durchaus ein wenig einschüchternd wirken konnte.

»Sie sind also derjenige, für den mein Boss so viel im Archiv unterwegs ist«, sagte sie. »Na, ich denke mal, ich habe meinem Chef keine Schande gemacht. Ich wette, Sie sind schon ganz gespannt, ob und *was* ich von Ihrer Liste zu Tage fördern konnte, oder?« Sie zwinkerte ihm zu.

»Ich denke schon, dass Sie das ... also dass Sie gute Arbeit geleistet haben, Frau Tiersen«, erwiderte er verlegen.

Lügen kann er auch nicht, soviel steht fest, dachte die junge Frau in Schwarz und sagte: »Einfach nur Maike, okay? Wollen Sie auch was Trinkbares? Der vegane Eiskaffee mit Sojamilch ist ziemlich zu empfehlen. Ich nehme noch einen.«

»Also, nein danke, ich möchte nichts trinken.«

»Wie Sie wollen.« Achselzuckend öffnete sie ihre Mappe. »Na dann kommen wir jetzt doch mal zur Bescherung, nicht wahr? Sie scharren ja schon mit den Hufen. Ich muss gestehen, als Sie mir zuerst gesagt haben, *was* Sie suchen, da wollte ich Sie schon fragen, ob Sie mich echt verarschen wollen. Aber man sagt ja, dass der Wurm dem Fisch schmecken muss und nicht dem Angler. Also bin ich ins Archiv marschiert und habe angefangen zu suchen. Und Sie werden lachen, nach einiger Zeit, da hatte es mich richtig gepackt. Da fühlte ich mich wie ein Detektiv auf großer Spur.«

Gellert nickte ab und zu stumm, während die junge Frau erzählte. Zu viel mehr hatte er ehrlich gesagt auch keine Gelegenheit. Dialoge konnten recht schnell zu Monologen werden, wenn eine eher zurückhaltende Person auf einen relativ gesprächigen Gegenpart stieß.

20

»Und das wichtigste, was ich Ihnen schon mal erzählen kann, ist, dass die *dreizehnte Lok* definitiv nicht nur eine Legende ist, sondern dass sie auch in diesem Moment noch irgendwo da draußen ist«, sagte Maike in einem relativ beiläufigen Tonfall, so dass Gellert ihre Kernaussage erst nach ein paar Momenten wirklich realisierte.

»Die Lok *existiert?*«, wiederholte er perplex.

Maike nickte mit unverhohlenem Stolz und Triumph im Blick, bevor sie lossprudelte: »O ja, und Sie können mir glauben, das Ding ist wirklich wie eine *Mary Celeste* auf Schienen. Wissen Sie, das war eines der berühmtesten Unglücksschiffe, ich *liebe* solche Geschichten«, sagte sie, was Gellert ihr anhand ihrer schwarzen Aufmachung auch sofort abnahm.

»Aber das«, fuhr sie fort, »war natürlich nicht der Grund, wieso ich diese Recherche so spannend fand. Ich liebe *Herausforderungen* nämlich noch mehr. Eigentlich war das Puzzle gar nicht so schwer zu lösen, aber das Bild war kompliziert, wissen Sie, was ich meine? Man musste wissen, nach was man sucht. Ich hatte mich zu Beginn meiner Nachforschungen wie die meisten hauptsächlich nach der Seriennummer orientiert. Dabei stieß ich auf folgendes: Die V200 mit der Registriernummer 013, Fabrikkennung MAK 2000 013 und später in V220 013-7 umbezeichnet, wurde als eine von 20 Maschinen zwischen Dezember 1956 und Januar 1958 bei *Maschinenbau Kiel* gebaut und am 13. Juni 1957 in Dienst gestellt. Mitte der 1986 wurde sie an die schweizerische Staatsbahn SBB verkauft, wo sie bis 1995 als *Am 4/4 18461* Dienst tat. Danach kehrte sie 1997 zur privaten Eisenbahngesellschaft GES in Kornwestheim nach Deutschland zurück, die sie wiederum im Jahre 2000 an die ... äh, Moment ...«

Rasch blätterte sie zwei Seiten in ihrer Akte um.

» ... an die *Eisenbahn Betriebs Gesellschaft* in Altenbeken verkaufte. Dort war sie bis vor zwei Jahren im Dispodienst vor Güterzügen und für Sonderfahrten und wurde schließlich am 11. November 2006 z-gestellt und Anfang 2007 bei der DEUMU in Salzgitter verschrottet. Ich hab mit Salzgitter telefoniert, die haben mir die entsprechenden Papiere gefaxt. Und auf dieses

Bild bin ich zusätzlich Internet gestoßen. Sehen Sie, ich hab die Registriernummer, die man noch auf dem Lokrahmen sehen konnte, digital vergrößert. Hier ist das Ergebnis.«

Sie tippte mit ihrem langen, schlanken Zeigefinger (schwarzer Nagellack, was sonst) auf ein Farbfoto im DIN A4-Format, das die traurigen Reste einer Diesellok der Baureihe 220 zeigte. Gellerts schockierter Reaktion nach war dieser Anblick für einen Eisenbahnfan dasselbe, was für einen Kunstliebhaber die Vorstellung eines wertvollen Gemäldes in der Schrottpresse darstellte: fast körperlicher Schmerz.

»Davon abgesehen«, fuhr Maike fort, »war die 220 013 Zeit ihres Lebens ein Muster der Zuverlässigkeit, nachdem sie Werktore von MAK verlassen hatte. Sie war zwar in einen größeren Unfall verwickelt, aber das war ein unverschuldeter Frontalzusammenstoß mit V200 080 im Hamburger Bahnhof, und zwar am 26 Mai 1974. Ansonsten keine, äh, Vorkommnisse, na ja Sie wissen, was ich *damit* meine. Wenn man sich also diese Fakten vor Augen hält, dann sieht es aus, als würde sich das mit der verfluchten dreizehnten Lok der Baureihe 200 *doch* als typische urbane Legende entpuppen, eine von Eisenbahnfans gesponnene. Hier war es darum, wo viele, die sich bislang mit diesem Thema beschäftigt haben, ausgeklinkt haben. *Boing!* – Klappe zu, Affe tot, Legende Quatsch.«

»Aber Sie sagten doch, dass ...«, brummte Gellert.

»Etwas Geduld noch, bitte. So leicht lasse *ich* mich nämlich nicht abwimmeln«, sagte Maike mit einem Zwinkern. »Hier kam der Punkt, an dem es für mich beim Buddeln und Stöbern im Archiv erst richtig interessant geworden ist.«

Genießerisch nippte sie an ihrem Eiskaffee. Ein kleiner, halbmondförmiger Milchbart blieb auf ihrer Oberlippe zurück. Nun sah sie aus wie ein Kätzchen, das gerade Sahne getrunken hatte, keck und zufrieden.

»Statt dessen«, sagte sie, »habe ich mich mit den Unfällen der Baureihe V200 beschäftigt. Klingt logisch. Und da fand ich eine ganz besondere Kandidatin – diese Lok hatte eine mehr als nur verblüffende Kette von Unfällen, die schon losging, als sie noch nicht einmal unsere Werktore verlassen hatte. Das war eine bei uns gebaute, und zwar die 200 032, Fabriknummer KM 18 276.«

Sie gab Gellert ein Produktionsfoto, auf dem sich einige Krauss-Martin-Arbeiter vor einem fertig geschweißten Lokkasten versammelt hatten, der in Kürze auf die Drehgestelle gesetzt werden würde. Handschriftlich war ein kleiner Kommentar unter dem Bild verewigt: *August '56, 18 276, endlich!* Eine seltsame Notiz, denn normalerweise war das Absenken des Lokkastens auf die Drehgestelle einer der stolzesten Momente für die Arbeiter einer Lokomotivfabrik. Aus den Gesichtern der Männer auf dem Foto sprach hingegen eher Erleichterung und Ungeduld (abgesehen von einer einzigen Ausnahme, und zwar einem Burschen in der Bildmitte, der ein merkwürdig selbstgerechtes Grinsen sehen ließ.)

»Sehen Sie den Arbeiter ganz rechts, den mit der Schmalzlocke?«, fragte Maike mit einer leisen, düsteren Stimme und deutete auf eine Gestalt am Bildrand. »Sein Name war Eugen Seiffert. Nur eine halbe Stunde, nachdem dieses Bild aufgenommen worden war, wurde ihm der Arm zerquetscht, als der Lokkasten beim Absetzen verrutschte. Er starb wenig später im Krankenhaus. Und Seiffert war schon das *zweite* Todesopfer beim Bau von KM 18 276. Der erste Tote war ein Schweißer, der in Stücke gerissen wurde, als der Propangastank seines Schweißgerätes in die Luft flog. Dabei wurden noch zwei andere Arbeiter schwer verletzt.«

»O mein Gott«, sagte Gellert.

»Ich schätze mal, das dürfte erklären, wieso keiner der Jungs auf dem Bild hier richtig froh aussieht, an dieser Lok arbeiten zu müssen«, sagte Maike mit einem Seitenblick auf das Produktionsbild.

Gellert war froh, dass ihm das düstere Mienenspiel der Arbeiter nicht als einzigem aufgefallen war.

»Viele der Arbeiter damals kamen aus Italien, und ... na ja, ohne rassistisch klingen zu wollen, aber Italiener neigen schon zum Aberglauben, oder?«, meinte Maike. »Einige weigerten sich rundheraus, noch Hand an diese Maschine zu legen.«

Gellert nickte. »Kann ich mir vorstellen«, sagte er.

»Und die Unfälle hörten nicht auf, nachdem die Lok in Dienst gestellt wurde, im Gegenteil«, sagte die junge Frau. Dann zog sie eine ausgedruckte Exceltabelle mit der Überschrift UNFÄLLE & ZWISCHENFÄLLE 18 276 aus der Mappe und legte sie Gellert zum studieren hin.

»Noch am Tag ihrer ersten Ausfahrt geriet ein unachtsamer Rangierarbeiter mit der Hand zwischen die Puffer der Lok und des Waggons, an den sie gekoppelt werden sollte, und verlor zwei Finger«, sagte sie. »Es gab Zeiten, da passierte ein, zwei Jahre gar nichts, dann kamen wieder Unfälle wie der in Oberhausen ... oder diese verdammt schlimme Sache bei Wiesbaden, als sie in diese Gruppe auf den Bahngleisen spielender Kinder raste. Sogar Ihr Kollege Sven Oopgenorth geht in seinem Buch über die Baureihe V200 auf ein paar dieser Unfälle ein und spricht von einer ‚bemerkenswerten Kette von Zwischenfällen, in die diese spezielle Lok verwickelt sei‘, und zwar auf Seite 119, vierter Absatz oben links. Jetzt könnten Sie sagen: schön und gut, eine V200 mit vielen Unfällen, was hat das mit der urbanen Legende der dreizehnten Lok zu tun? Die Registriernummer stimmt ja gar nicht, sie ist viel zu hoch. Kann also nicht die *dreizehnte Lok* sein.«

Genau das hatte er tatsächlich sagen wollen.

Maike fuhr ungerührt fort: »*Ich* aber sage: das ist genau der Fehler, den auch viele andere begangen haben, als sie über diese Legende recherchierten. Jetzt sehen Sie sich aber mal die Bau- und Fertigungspläne genauer an, Bernd – ich darf doch Bernd sagen, oder? Was fällt Ihnen auf?«

Er holte Luft, denn ihm *war* etwas aufgefallen, aber sie nahm ihm die Antwort ab: »Alle, die nach der dreizehnten Lok gesucht haben, haben bislang zwei große Fehler begangen. Erstens: Sie sind aufgrund der fortlaufenden Seriennummer davon ausgegangen, dass die Lok 200 013 auch die dreizehnte Lok der Baureihe war. Mutet ja durchaus logisch an. Aber bei den Registriernummern wurden die 20 bei der MAK im Jahre 1959 gebauten 200er direkt *hinter* die 5 Vorserien-Loks von uns gestellt. Das heißt also, die Prototypen hatten die Nummern 001 bis 005, und danach kamen die MAK-Serienloks mit den Nummern 006 bis 025. Erst *danach* kamen jene Maschinen, die bei uns ab Herbst 1956 als erste Serie gefertigt wurden. Und was sagt uns das?«

Gellert war froh, sich endlich zu Wort melden zu können: »Diese ominöse dreizehnte Lok hat eine andere Typennummer.«

Maike nickte. »Der Kandidat hat hundert Punkte und gewinnt so viele Waschmaschinen, wie er tragen kann. Der korrigierten Reihenfolge nach wäre somit die 200 033, Fabriknummer KM 18 277, die dreizehnte Lok der Serie. Aber abgesehen von einem Maschinenschaden hatte die 200 033 keine größere Panne und war nie in einen schlimmen Zwischenfall verwickelt. Noch eine Sackgasse. Und da liegt der zweite Fehler der bisherigen Forscher: *mangelnde Gründlichkeit*. Dabei waren alle Daten bei uns im Archiv problemlos einsehbar. Die V200 032 mit der Werksnummer KM 18 276 verließ nämlich wegen all der Zwischenfälle während ihres Aufbaus unser Werk am sechsten November 1956, also *dreizehn Tage später* als ihre Schwester KM 18 277, wo es keinerlei Probleme bei der Endfertigung gab. Und somit ist die V200 032, Werksnummer KM 18 276, nicht nur ein Unglücksmagnet, sondern tatsächlich die dreizehnte fertig gestellte Lok der Baureihe und der Schlüssel zur Legende.«

4

Maike machte eine zwar melodramatische, aber wirkungsvolle Kunstpause und ließ ihre Worte dabei einsinken wie den Zucker, der in ihren *Soja Macchiato* rieselte.

»Meine *Güte*«, sagte Gellert, klang dabei zugleich verblüfft, ungläubig *und* beeindruckt.

Maike registrierte dies mit Stolz auf ihre Leistung. Den Moment auskostend reichte sie Gellert ein weiteres Papier.

»Tja, und wenn Sie glauben, das war es schon mit den Mysterien um diese Lok, dann sind Sie schief gewickelt. Es geht nämlich erst richtig los. Dieser Ausschnitt hier ist aus dem Oopgenorth-Buch ... ah, apropos Oopgenorth, da wollte ich Sie noch was fragen, Bernd. Warum haben *Sie* eigentlich kein Buch über die Baureihe V200 geschrieben?«, fragte Maike und schweifte damit ein wenig vom Thema ab, aber diese Frage brannte ihr einfach unter den Nägeln. »Hätte sich das nicht angeboten, wenn man bedenkt, dass die DB zwischen den 50'ern und den 70'ern Ihr Fachgebiet ist?«

»Ich bin eher für die gesamte Ära zuständig als einzelne Baureihen«, erwiderte Gellert. »Und selbst wenn, der Oopgenorth ist nach wie vor das Standartwerk über die V200, dem hätte ich nichts hinzuzufügen gehabt.«

»Bernd, da bin ich anderer Meinung«, sagte Maike. »Der Oopgenorth mag ein Klassiker sein, aber er ist doch reichlich konservativ. Immerhin beweist die Tatsache, dass Sie diese Legende erforschen, dass Sie im Gegensatz zu vielen Ihrer Kollegen keine Angst vor einem ungewöhnlichen Blickwinkel haben, oder?«

Gellerts Körperhaltung versteifte sich noch mehr (Maike hätte nicht geglaubt, dass dies möglich wäre).

»Dass ich die Wahrheit hinter der Legende der *dreizehnten Lok* zu ergründen versuche, hat andere Gründe als dass ich einen ‚neuen Blickwinkel‘ suche, glauben Sie mir«, sagte er distanziert, ohne (sehr zu Maikes Verdruss) diese Gründe näher zu erörtern.

Schade, verdammt schade, dachte sie und sprach in sein Schweigen hinein weiter: »Na, was auch immer. Sehen Sie jedenfalls, welche die einzige Lok in der Liste ist, die scheinbar keine Historie nach dem Ausscheiden aus dem DB-Fuhrpark hat?«

»Die V200 032«, sagte Gellert.

»Exakt«, sagte Maike. »In Wikipedia steht zum Beispiel, sie wäre 1979 z-gestellt und 1980 im AW Nürnberg verschrottet worden. Diese Information stimmt zwar mit der Datenbank im Oopgenorth und den meisten anderen Quellen überein ... nur gibt es in Nürnberg keine Unterlagen über eine Verschrottung. Ich hab nachgefragt. Seltsam, oder? Es ist, als wäre die V200 032 nach 1980 einfach vom Angesicht dieses Planeten verschwunden. Das ist sie natürlich nicht. Aber die Odyssee, die sie hinter sich hat, ist *echt* erstaunlich. Scheinbar stand sie in Nürnberg zuerst fast zwei Jahre lang einfach auf einem Abstellgleis am Nordostbahnhof herum. Wieso sie das tat und nicht verschrottet wurde – darüber kann ich nur spekulieren. Entweder war schon eine Anzahlung über die Lok geleistet worden, oder es gab zumindest eine viel versprechende Verkaufsoption, jedenfalls erinnerte sich ein Mitarbeiter des AW Nürnberg, dass sie eines Tages zu einer Gleisbaufirma nach Spanien überführt worden wäre. Dort blieb sie acht Monate, bevor sie die Firma für nen Appel und'n Ei nach Dänemark verkaufte. Der Techniker von der spanischen Firma, den ich am Rohr hatte, erinnerte sich und meinte, dass sie das ‚unzuverlässige Scheißding' damals einfach nur noch loswerden wollten. Ich spreche übrigens fließend spanisch und italienisch, das nur zur Info. Mehr sagte er nicht, aber das ist irgendwie auch nicht nötig, was meinen Sie?«

Gellert schüttelte den Kopf.

Maike war jetzt richtig warm gelaufen: »In Dänemark blieb sie sechs Monate im Einsatz, und während dieser Zeit war sie in drei Unfälle verwickelt, bei denen ein Rangierarbeiter starb und einem anderen von der Lok beide Beine abgetrennt wurden.« Sie machte mit den Händen eine sehr eindeutige Geste auf ihren hübschen Oberschenkeln, knapp oberhalb des Rocksaumes. »Danach stand sie anderthalb Jahre in einem Schuppen in Padborg und wurde an einen inzwischen pleite gegangenen Güterlogistikbetrieb in Reggio Emilia abgeschoben. Da endete ihre Spur, bis vor zehn Jahren ein privater Bahnanbieter in der Ukraine uns nach einigen Ersatzteilen für eine Lok der Baureihe

DB 220 fragte. Ich muss Ihnen ja nicht sagen, dass die Baureihe V200 ab ersten Januar 1968 in V220 umbezeichnet wurde, gell?« Sie zwinkerte. »Der Ukrainer hatte einige Fotos beigelegt - *diese* Bilder.«

Gellert musterte die Schnappschüsse: Rostiger, von Dieselruß überzogener Lack in einem ungewohnten Spinatgrün, abgeplatzte und verblasste Zierleisten, die linke Scheibe des Führerstandes 2 war kaputt und einige der Lüftungsgitter fehlten, aber zumindest auf einem der Bilder noch mit Mühe lesbare Original-Registriernummer der Lok gut zu erkennen: 220 032.

»Da war sie wieder, wie ein Springteufel aus der Kiste«, sagte Maike. »Und damit nicht genug. Vor acht Jahren tauchte sie wieder in Deutschland auf – zur selben Zeit, als auch einige andere alte 221er aus Griechenland und Albanien wieder nach Deutschland zurückkehrten. Die Geschichte, wie die 032 wieder hier landete, ist selbst fast filmreif: Sie erinnern sich an Alois Enzensberger, den Münchner Unternehmer und Milliardenbetrüger? Er war glühender Eisenbahnfan und Mäzen und Ehrenmitglied der MPM, der *Mittelbayerischen Privat- und Museumseisenbahn*, eines sehr rührigen Bahnvereins, der Sonderfahrten machte und historische Loks restaurierte. Auf einer Geschäftsreise in die Ukraine fand Enzensberger zufällig die 032 und ... na ja, man muss wohl sagen: er verliebte sich in sie. Er kaufte die Maschine und importierte sie auf eigene Kosten. Als sie hier ankam, war sie in mehr oder weniger katastrophalem Zustand, und es bedurfte jeder Menge Geld und Arbeit, sie originalgetreu herzurichten und wieder fahrtüchtig zu machen. Dazu wurden natürlich wieder Baupläne und Manuale von uns benötigt – und *kabumm!*, so bin ich im Archiv überhaupt erst auf die Anfrage gestoßen. Auf jeden Fall sprudelte das Geld zunächst munter. Aber bevor die Lok völlig restauriert war, stolperte Enzensberger über diese Betrugsaffäre mit seinem Horizontalbohrpatent und ging zuerst pleite und dann in den Knast. *Tschüssi!* Aus der Traum. Das war vor 7 Jahren. Und seitdem ist die 032 wieder verschütt gegangen.«

Auch, wenn er sie erst seit einigen Minuten kannte, so wusste Gellert, dass dies noch lange nicht das berühmte Ende vom Lied war. Maike schien immer noch mindestens ein oder zwei Pfeile in ihrem Köcher zu haben. Also schaute er die junge Frau in einem (für ihn) erstaunlichen Maße herausfordernd an.

»Nee, das ist sie natürlich nicht«, sagte Maike. »Und ich habe eine ziemlich gute Spur, die uns möglicherweise direkt zur Lok bringt! Ich habe mich bereits am Telefon mit einem damaligen Mitglied der MPM unterhalten, der uns gerne helfen will. Mit etwas Glück, sind wir nur noch *einen* Schritt davon entfernt, die Lok zu finden. Na, was sagen Sie nun?«

Um ganz genau zu sein, sagte Gellert ein paar Momente lang gar nichts.

»Ich ... also ich«, sagte er schließlich, nachdem er sich ein wenig gesammelt hatte. »Ich muss gestehen, dass ich mit vielem gerechnet habe, aber nicht damit. Das ist ... du meine Güte, Frau Tiersen, ich kann es nicht anders sagen, aber das war ziemlich beeindruckend.« Die Worte hörten sich aufrichtig, aber auch untypisch für ihn an.

»Danke«, sagte Maike. Obschon sie wusste, dass sie gute Arbeit geleistet hatte, fühlte sie sich nicht zuletzt zu ihrer eigenen Überraschung wirklich geschmeichelt vom Lob des zurückhaltenden Schriftstellers. Er war garantiert kein oberflächlicher Dampfplauderer, der pausenlos nur Komplimente verteilte, oder er sprach überhaupt zu viel. Daher schien seine Anerkennung wirklich wertvoll.

»Tja, dann bräuchte ich ... also ... die Telefonnummer oder Adresse dieses Herrn von der MPM«, sagte er.

Nee, nee, das könnte dir so passen, Mensch, dachte Maike und spielte ihre Trumpfkarte aus: »Ich kann Ihnen seine E-Mail-Adresse geben, wenn Sie wollen.«

»Ich habe keinen Computer, daher dachte ich eher an seine *Post*adresse.«

»Oh, die hab ich nicht«, log (oder schwindelte, das klang nicht so hart) sie. »Ich habe nur über E-Mails mit ihm Kontakt gehabt. Aber ich habe ja *Ihre* Nummer, Bernd. Ich agiere sozusagen als Vermittlerin und mache alles aus, und Sie erfahren dann von mir alles Wichtige und wir tigern zusammen hin. Was sagen Sie dazu? Das wäre doch lustig.«

Er schaute sie blinzelnd an, als habe sie ihm soeben ein höchst zweifelhaftes Angebot gemacht.

»Das ist aber ... na ja, eher ungewöhnlich, wissen Sie.«

Ich arbeite immer alleine und nie mit einem Partner, schoss Maike ein Satz aus einem alten Film mit Clint Eastwood durch den Kopf. Für Leute, die an die Macht des Klischees glaubten, würde ein von Gothic fasziniertes Mädchen eher auf Horror- und Vampirfilme stehen. Die mochte sie zweifellos, aber mehr noch stand sie auf harte Reißer mit echten, kernigen Kerlen vom Kaliber eines Clint Eastwood, Steve McQueen oder Charles Bronson. In der jüngeren Generation waren der Kampfsportler Jason Statham oder der aus dem neuen Batman-Film bekannte Schauspieler Christian Bale ein paar der wenigen echt *männlichen* Ausnahmen, wahrlich coole Säue. Flaumige Milchbubis konnten ihr hingegen gestohlen bleiben, in der Fiktion wie im richtigen Leben.

Bernd Gellert mit seinen antiquierten Klamotten, seiner gehemmten Art und seinen Problemen, Maike direkt in die klaren, großen Augen zu schauen, war so zumindest das totalste Gegenteil eines echten und kernigen Kerls, das man sich vorstellen konnte. Aber irgendwie ... nun ja, er weckte einen Beschützerinstinkt in Maike, der sich ansonsten auf verängstigte Hunde oder verirrte Kätzchen beschränkte. Und davon abgesehen, dass sie ihn smart, sensibel und authentisch fand, wie oft hatte man schon die Chance, eine verfluchte Diesellok zu suchen? Das war vielleicht nicht das verrückteste, was sie je (angezogen) getan hatte, aber zumindest das absurdeste, was sie je vorgehabt hatte.

»Klar«, sagte sie, »aber wir geben doch ein super Team ab, oder? Ich störe auch nicht, Berndie ... darf ich Sie eigentlich Berndie nennen? Ich weiß, das gehört sich nicht, aber ich finde, Berndie passt einfach prima zu ihnen. Kennen Sie *Bernd das Brot* aus dem Fernsehen? *Ich bin nur ein Weißbrot mit viiiel zu kurzen Armen*'.«

Sie kicherte und imitierte die Bewegungen des depressiven Kastenbrotes meisterhaft.

»Ich habe keinen Fernseher, das ist für mich Zeitverschwendung«, erwiderte Gellert sauertöpfisch und gab sich in diesem Moment mehr denn je als ein Relikt aus längst vergangener Zeit zu erkennen – ein Relikt nicht unähnlich der Lokomotive, die sie suchten.

5

Die erste ungute Vorahnung kam Bernd Gellert bereits, als er ein paar Tage später Maikes Wagen sah: einen alten nachtblauen Fiat Punto, der hauptsächlich von Heftpflastern und Spucke zusammengehalten wurde. Ein Aufkleber auf der verbeulten hinteren Stoßstange sagte: *Bis dass der TÜV uns scheidet*. Gellert konnte sich nicht vorstellen, dass dieser Tag in allzu ferner Zukunft lag.

Als er dann eingestiegen war und Maike das vorne ratternde und hinten eiernde Gefährt in Bewegung setzte, bewahrheiteten sich noch zahlreiche viel üblere Befürchtungen als nur die, dass diese Fahrt unruhig werden könnte. Aus den überforderten Lautsprechern des Autoradios wummerten die tiefsten, schwermütigsten, dissonantesten Töne, die Gellert je gehört hatte. Vermutlich sollte dies Musik darstellen, und wenn dem so war, passte diese Trauermelodie perfekt zur beklemmenden Stimmung, welche schon die ersten Meter Wegstrecke in ihm auslösten.

Gellert empfand die Fahrt als schlicht suizidal, denn Maike gehörte zu den Lenkerinnen, für die es keine gerade Linie zu geben schien. Jede Gerade bestand bei ihr aus einer Vielzahl unterschiedlich kleiner und großer Kurven, Biegungen und Zacken. Jede echte Kurve schien sie hingegen im 90-Grad-

Winkel zu tangieren. Gelbe Ampeln lösten in ihr eine Art Jagd-
instinkt aus, so wie ein Hase in einem Windhund.

Gellert, der sich rühmen konnte, in seinen 25 Jahren auf deutschen Straßen noch nie einen Strafzettel wegen Falschparkens,
überhöhter Geschwindigkeit oder eines anderen noch so geringen Vergehens bekommen zu haben, schloss insgeheim schon
mit seinem Leben ab. Er fand es irgendwie seltsam, dass er von
allen möglichen Todesarten nie damit gerechnet hatte, im Auto
einer extrem hübschen, aber auch extrem zackigen Fahrerin
sein Odem auszuhauchen.

»Keine Sorge«, sagte Maike schließlich, während sie ihren
Fiat über eine Landstraße nahe Dachau prügelte. »Können Sie
sich vorstellen, dass ich noch nie einen Unfall gehabt habe?
Außer denen, für die ich *wirklich* nichts konnte«, fügte sie noch
hinzu.

»Und können Sie sich vorstellen, dass ich diese Aussage ein
wenig bezweifle?«, antwortete Gellert und klammerte sich noch
eine Nuance fester an den Haltegriff in der Beifahrertüre, als
die junge Frau halsbrecherisch eine Kurve schnitt.

»Berndie«, sagte Maike und grinste ihm zu, »Sie holen einfach nicht genügend Spaß aus Ihrem Leben, das wissen Sie
schon?«

»Auf einer Landstraße zu sterben entspricht nicht wirklich
meiner Vorstellung von Spaß, wenn ich ehrlich sein soll.«

»Meiner auch nicht, also beruhigen Sie sich«, sagte sie. »Wie
heißt die Straße noch mal, zu der wir müssen? Im Handschuhfach ist mein Notizbuch. Sie müssen fest auf den Deckel hauen,
sonst geht das Handschuhfach nicht auf.«

Gellert nickte und gab dem Handschuhfachdeckel zunächst
einen zaghaften Klaps. Nichts geschah.

»Ich sagte *fest* hauen, Berndie«, meinte Maike, holte aus und
ließ ihre rechte Hand so hart auf das Armaturenbrett nieder
krachen, dass Gellert Angst um ihre Knochen bekam. Sie verletzte sich jedoch keinesfalls. Stattdessen sprang die Klappe des
Handschuhfachs wie versprochen auf, und ein buntes Sammel-
surium mannigfaltiger Dinge ergoss sich wie eine Lawine in

den Fußraum auf Gellerts Seite: zerlesene Taschenbücher, Dosen mit Bonbons, verknüllte Tempotücher, Fläschchen mit Nagellack, Lippenstift und andere Make-up-Utensilien, Tampons, Cent- und Pfennigmünzen, Straßenkarten, Wagenpapiere und auch eine Packung Kondome.

»Hups«, sagte Maike kichernd. »Gucken Sie nicht so entsetzt. Da ist das Notizbuch!«

Sie deutete auf den einzigen Gegenstand, der noch im Handschuhfach verharrte: eine Lederkladde mit Aufklebern diverser längst vergessener Bands, Kätzchenstickern und mädchenhaften Bemalungen auf dem Einband.

»Was haben Sie erwartet?«, sagte Maike. »Das ist mein Heiligtum. Ich habe dieses Büchlein, seit ich 12 bin. Darin habe ich meine ersten Liebesbriefe geschrieben.«

»Schön für Sie«, erwiderte Gellert leicht verlegen und schlug die Kladde auf. Auf der letzten Seite fand er den Eintrag: *Franz Panchyrz, Elisabethenstraße.* Mehr stand da nicht.

»Es ist die Elisabethenstraße«, sagte er. »Haben Sie auch so etwas wie eine Hausnummer notiert?«

»Hat er nicht gesagt ... ich meine geschrieben«, korrigierte sich die junge Frau rasch. »Er sagte, das Haus sei nicht zu verfehlen.«

»Sehr präzise«, bemerkte Gellert und runzelte die Stirn. »Hat er Ihnen zumindest gesagt, in welcher *Dekade* wir ihn besuchen sollen?«

Nur eine Querstraße später wünschte sich Gellert, er hätte die Klappe gehalten.

6

Die Aussage, man könnte das Haus nicht übersehen, war weder eine Flunkerei noch eine jener von Gellert so verabscheuten »unpräzisen Aussagen«. Es war einfach nur eine Tatsache. Das Domizil stach aus den anderen Vorstadthäusern der Straße heraus wie der sprichwörtliche bunte Hund aus einem Rudel monochromer Tiere.

»Ich glaube, nun wird eine Entschuldigung fällig«, sagte Gellert und fühlte den Drang, sich verwundert die Augen zu reiben, als habe er noch nie gesehen, zu welchen kreativen Leistungen Eisenbahnfans in der Lage waren.

»Kein Thema«, sagte Maike. »*Das* hab ich auch nicht erwartet.«

Das Einfamilienhaus war aufgemacht, wie ein man sich einen klischeehaften Dorfbahnhof Anfang des 20ten Jahrhunderts zusammenromantisierte – grünes Dach, rote Ziegel, weiße Balken, stilecht bis zum Schriftzug, der den Namen des kleinen Ortes trug. Im Garten reckten sich diverse echte Signale aus den verschiedensten Bahnepochen in den stahlblauen Himmel, und der Schuppen hinter dem Haus war über und über mit Originalteilen alter Loks und Waggons verziert: Sturmschilde, Typenschilder, Kesselschotts, DB-Logos aus Blech und zahllose Fahrtanzeiger. *Das war kein Haus*, dachte Maike mit einer Mischung aus Verwunderung, Befremdung und einem Hauch Bewunderung, *das war ein Museum, ein Schrein, ein Dorado für jeden Eisenbahnfan.*

Keine Frage, hier wohnte ein echter Eisenbahner der alten Schule: jemand, der für die Schiene lebte, und dessen Liebe zur Bahn nie enden würde.

Als die beiden zu Fuß näher kamen, sahen sie schon von weitem im Garten die Trassen und Gleise einer riesigen Spur-0-Modelleisenbahn, die das ganze Haus umkreiste und Unmengen von Geld gekostet haben musste. Auch der Rest der authentischen Eisenbahn-Reliquien, die diesen Bau so unverwechselbar machten, wirkte kostspielig.

Der Mann, der sie schließlich mit herzlichster Freundlichkeit empfing, war klein, stämmig und hatte eine glänzende Stirnglatze, die von einem schütteren Haarkranz hinter den Ohren und im Nacken umrahmt wurde. Seine Augen waren braun, wach und clever. Aber am interessantesten waren seine Hände mit diesen verblüffend feingliedrigen Fingern; dies waren die

Hände eines extrem begabten Feinmechanikers, nicht die eines eher grobschlächtigen Arbeiters.

Franz Panchyrz führte seine Gäste in den Keller hinab, der ihm offenbar als Büro und Hobbyraum diente. Jede Wand wurde von Schaukästen voller Lok- und Gebäudemodellen verdeckt. Eine Seite des Raums wurde von einer liebevoll ausgestatteten H0-Modelleisenbahn in Beschlag genommen. Bücherregale, die bis zum Anschlag mit Eisenbahnliteratur voll gestopft waren, fungierten als Raumteiler zwischen der Anlage und dem Rest des Kellers. Zwei ganze Regaletagen wurden dabei nur von den Werken jenes Mannes eingenommen, der soeben auf dem alten Sofa neben der Werkbank Platz nahm.

»Also ... Herrje, das ist mir eine solche *Ehre*, Sie zu treffen, Herr Gellert«, sagte Panchyrz in diesem Moment und strahlte dabei wie ein kleines Kind.

Maike versuchte sich vorzustellen, wie sich Panchyrz gerade fühlte – vermutlich so, wie sie sich fühlen würde, wenn der von ihr vergötterte Filmregisseur Christopher Nolan und ihr absoluter Literaturmessias Clive Baker sich spontan zum Tee in ihre Bude eingeladen hätten. Also *ziemlich gut.*

»Als Ihre Assistentin anrief und sagte, dass ich Ihnen bei den Recherchen für ein neues Buch helfen könnte, da wollte ich es nicht glauben«, sagte Panchyrz. Er hatte einen leichten, interessanterweise nach Österreich klingenden Akzent.

»Meine *Assistentin?*«, fragte Gellert. »Anrufen? Aber ...«

Upps, Alarmstufe rot! Maike räusperte sich und flüchtete nach vorne, bevor der ehrfürchtige Pensionär ihr Kartenhaus ganz zum Einsturz brachte. »Herr Panchyrz«, sagte sie eilig. »Sie wissen ja, es geht um die Lok, an der Sie bei der MPM gearbeitet haben. Die V220 032.«

»Ja«, sagte der ältere Mann. Auf einmal hatte er einen Unterton in der Stimme, der Maike und Bernd gleichermaßen aufhorchen ließ: düster, fast feindselig. »Ich erinnere mich. Und wenn Sie nicht Sie wären, Herr Gellert, und ich Ihre Arbeit nicht über alle Maßen schätzen würde, dann hätte ich *nie und nimmer* etwas darüber sagen wollen.«

»Sie glauben also auch, dass mit dieser Lok etwas nicht stimmt?«, fragte Maike derartig rundheraus, dass Gellert zusammenzuckte und ihr einen gleichermaßen wütenden, wie verblüfften und vorwurfsvollen Blick zuwarf. Er rechnete felsenfest damit, dass Panchyrz die beiden nun einfach vor die Tür setzen würde, immerhin wirkte der Pensionär nicht wie jemand, der an die Existenz einer verfluchten Lokomotive glaubte. Doch der ältere Mann überraschte ihn.

»Ich glaube das nicht, ich *weiß* es«, sagte er. »Ich hatte in 45 Dienstjahren nie einen Arbeitsunfall – und das ist weiß Gott kein leichter und ungefährlicher Job, den ich hatte. *Dies hier* ist erst passiert, als *sie* ankam.«

Mit diesen Worten rollte er sein linkes Hosenbein hoch und entblößte eine Prothese, die seinen unterhalb des Knöchels abgetrennten Fuß ersetzte.

»Sie zieht das Missgeschick an wie die Scheiße die Fliegen!«, zischte er und warf dabei unwillkürlich einen Blick nach oben, als wollte er überprüfen, ob dort jemand – vermutlich seine Frau – diese grobe Verwünschung gehört hatte.

»Was ist passiert?«, fragte Maike, wobei sie es schaffte, weder vorlaut noch bissig oder ironisch zu klingen wie sonst. Nun war sie ernsthaft und mitfühlend, ehrlich interessiert. Das war eine seriöse Seite des Mädchens, die Gellert positiv registrierte.

»Ich weiß noch wie heute, als sie ankam«, sagte Panchyrz und faltete dabei die Hände vor dem Bauch. Aus der Nähe betrachtet kam seine Untersetztheit eher von Kraft und Masse als von Fett. »Wir sprachen immer nur von ihr, als wäre sie eine Frau ... sie hatte einfach diese, diese *Rundungen*. Leider war sie in erbärmlichem Zustand. Meine Jungs und ich waren trotzdem guter Dinge. Wir waren alle Vollbluteisenbahner bei der MPM. Ich meine, ich war erst ein Jahr zuvor in Frührente gegangen, nachdem man das BBW in Flachslanden, wo ich bislang gearbeitet hatte, wegrationalisierte. Fast alle von uns hatte man vor die Tür gesetzt, dabei waren wir noch, wie man so sagt, *voll im Saft* ... und was freuten wir uns darauf, diese Lok restaurieren zu können. Ich hatte schon immer ein Herz für die Baureihe

200, und ich war dankbar über diese Möglichkeit. Damals war der Luis – also der Alois Enzensberger, unser Ehrenmitglied und Financier – noch richtig bei der Sache, und er war bereit, soviel Geld in diese Sache zu pumpen, wie nötig war. Es war ihm ernst. Er sagte immer, er habe sich Knall auf Fall in sie verliebt, als er sie da auf einer Geschäftsreise in der Ukraine auf einem Abstellgleis vor sich hingammeln sah. Und Sie werden lachen, zuerst ging es jedem so.«

Sein Blick verlor sich immer weiter in der Ferne, als er fortfuhr: »Aber der Ärger ging schon los, als man sie abholen wollte. Ein Bahnarbeiter stolperte und wurde schier von der Rangierlok überfahren. Zweimal strandete der Güterzug, in dem sie nach Deutschland transportiert wurde, unterwegs wegen irgendwelcher technischer Defekte. Und in dem Moment, als sie schließlich in die Halle geschoben wurde, die der Alois für den Verein gekauft hatte, riss sich eines der Rolltore los und schlug den Kreuzpointner Toni K.O. – einfach *Rumms!* Fast wäre das Tor auch über meinen Fuß gerollt, aber es ging noch mal gut.«

Er zuckte mit den Achseln. »Das kann auch Zufall gewesen sein, sicher. Aber es ging so weiter. Immer wieder passierten solche Dinge. Trotzdem schafften wir in einem Jahr fast zwei Drittel der fälligen Arbeiten – und das ist eine gute Zeit, wenn man bedenkt, dass wir nur ein Freizeitverein waren. Aber wir waren halt auch Profis – alles Ex-Bahnerer, Techniker und Mechaniker. Wir waren ein gutes Team. Keine Tagträumer. Aber irgendwann merkte auch der letzte, dass etwas nicht stimmte. Manche der Jungs weigerten sich, noch weiter an ihr zu arbeiten, und wechselten zu anderen Vereinen.«

Genau wie beim Aufbau der Lok, dachte Maike. *Wie sich die Geschichte doch manchmal wiederholt.*

»Irgendwann waren wir nur noch zwei oder drei, die weiterhin überzeugt waren, alles sei nur Zufall«, sagte Panchyrz. »Aber dann änderte ich meine Meinung.«

»Wieso?«, flüsterte Maike.

»Irgendwann kam einfach der Tropfen, der mein Fass zum überlaufen brachte«, sagte der Rentner. »Ich war allein mit einem Kollegen, der auch Pensionär war wie ich, der Gamsmoser Sepp. Wir arbeiteten im Führerstand 1, und der Sepp schnitt sich böse mit dem Seitenschneider, mit dem er einige alte Kabel abtrennen wollte. Er blutete wie ein Schwein, obwohl's nur eine oberflächliche Verletzung war. Gott, daran erinnere ich mich *so* gut, unser Sepp, der den ganzen Führerstand 1 voll blutete und dabei sein ganzes Wörterbuch an Münchner Flüchen rauf- und runterbrüllte. Fast war es komisch, aber als ich ihn zur Notaufnahme gefahren hab, da hab ich auf einmal ... Ich hatte mir eigentlich geschworen, es nie zu erzählen, *nie*, aber Ihnen beiden werde ich alles sagen, was ich damals erlebt habe, klar? ... Auf einmal bekam ich Angst. Ich dachte mir, wenn das so weiter geht, was passiert noch alles?«

»Und was *ist* passiert?«, wollte Maike wissen.

»Als erstes quetschte sich der Grottenbauer Thomas die Finger in der Türe zwischen Führerstand 1 und dem Maschinenraum ein. Die verflu- ... die ver*flixte* Tür fiel einfach mit voller Wucht zu, während er noch seine Finger drinnen hatte, und das obwohl kein Windhauch ging und niemand da war, der die Tür hätte zuschlagen können. Am selben Tag brach sich der Riedmüller Heinrich den Arm, als er von ihrem Dach fiel, wo er etwas geschweißt hatte. Tja, und damit war ich der einzige, der noch an ihr arbeitete, obwohl ich mich schon lange nicht mehr gut dabei fühlte. Aber ich hab noch nie aufgegeben oder bin weg gelaufen vor irgendwas. Nie.«

Maike rollte kaum merklich die Augen. Männer und ihre Männlichkeitsrituale. *Pfff!*

»Besser *wäre* ich weg gelaufen«, sagte der Rentner dumpf. »Auf jeden Fall stand ich ein paar Tage danach im Maschinenraum und hab an der Verkabelung von Motor 1 gearbeitet, als die Maschine plötzlich anlief. Ich war alleine in der Lok. Eigentlich hätte der verfluchte Diesel nicht anspringen *können*, aber er tat's. Und ich hatte keine lose Kleidung an, glauben's mir. Kein Profi, auch wenn er schon in Pension ist, hätte je in der Umgebung einer großen Maschine lose Kleidung an, nie und nimmer.

Aber trotzdem wurde mein linkes Bein wie ... wie von einer Hand gezogen und unter die Gelenkwelle gequetscht.«

Reflexartig riss Maike die Hände hoch und drückte sie auf den Mund. »Shit!«

Panchyrz zuckte mit den Schultern. »Wenn nicht der Gamsmoser Sepp so schnell reagiert hätt' – seitdem sind wir quitt, sag ich immer – und mich raus gezogen hätte, keine Ahnung, was dann passiert wäre. Ich weiß, was Sie jetzt sagen wollen, dass eine rotierende Gelenkwelle nun mal gefährlich ist. Aber diese verdammte Welle hat mich erwischt, als ... bei Gott, als wollte sie mich *in den Motor* ziehen. Und ob Sie mir das jetzt glauben oder nicht: keiner hat die Maschine gestartet. Keiner war in der Nähe der Fahrpulte. Wenn der Sepp nicht letztes Jahr g'storben wär, dann könnten's ihn fragen. Er würde Ihnen auch erzählen, dass er die Tür zwischen Führerstand und Maschinenraum mit der Schulter buchstäblich eintreten musste, weil sie so fest verkeilt war.«

Maike und Bernd warfen sich einen Blick zu. Trotz allem, was die Recherche schon zu Tage gebracht hatte, war die Unmittelbarkeit und Aufrichtigkeit von Panchyrz' Erzählung für die beiden zutiefst einschüchternd.

»Und das war's dann endgültig«, sagte Panchyrz. »Keiner wollte noch etwas mit der Lok zu tun haben. Verständlich, oder? Tja, und dann ... na ja, noch während ich im Krankenhaus lag, passierte diese Sache mit dem Luis, und unser Verein ist einfach ... g'storben. Wir Mitglieder haben uns danach noch weiterhin privat getroffen, immer bei einem anderen, aber die MPM war tot. Keiner von uns hat sie *je* wieder erwähnt. Das einzig gute daran ist, dass niemand mehr von ihr verletzt werden konnte, wenn man die Sache so betrachtet.«

Die Stille, die nun folgte, schien sich in die Länge zu ziehen wie ein Stück alter Kaugummi zwischen Asphalt und Schuhsohle. Schließlich war es Maike, die es nicht mehr aushielt – die Stille begann ihr Kopfschmerzen zu machen.

»Hey, das ist eine tolle Modellbahn«, sagte sie im verzweifelten Bemühen, das Thema zu wechseln, und nickte hinüber zu der stattlichen Anlage. »Wie lange haben Sie daran gebaut, bis sie fertig war?«

»Eine Modellbahn ist *nie* fertig!«, sagten Panchyrz und Gellert reflexartig wie aus einem Mund.

»Ups, sorry.« Maike hob entschuldigend die Hände; plötzlich befürchtete sie, etwas maßlos Dämliches gesagt zu haben. Sie fühlte sich unbehaglich, wie eine Fremde in einer Welt, zu der sie keinen Zugang hatte.

Gellert sah ihre Zwangslage und sagte: »Eine Modellbahn ist nichts anderes als ein maßstabsgetreues Abbild unserer Welt, und ist *die* jemals wirklich beendet? Nein. Dasselbe gilt für eine gute Modellbahn. Es ist immer ein *work-in-progress*, wie man heute so schön sagt, oder? Die Arbeit, das Bauen, das Gestalten, das ist, worum es dabei geht.«

»Ich verstehe.« Maike nickte beeindruckt. Nie hätte sie einem Spielzeug für große und kleine Jungs eine solche fast zen-artige Bedeutung zugetraut.

»Ich arbeite seit 35 Jahren an dieser Anlage«, sagte Panchyrz und stand auf. Er entfernte eine hölzerne Abdeckplatte am linken vorderen Teil der Eisenbahn und entblößte ein riesiges subterranes Zugdepot. »Da unten, im Schattenbahnhof – da steht eine V200, hinten in der Ecke, sehen Sie?«, fragte er.

Maike beugte sich ein wenig vor, bis sie das Lager in Augenschein nehmen konnte. Es dauerte einen Moment, dann hatte sie die von den Bildern her bekannten Umrisse einer V200 ausgemacht. Einsam und verloren stand die staubige Modelldiesellok auf einem Abstellgleis, das weder Zu- noch Abfahrt hatte.

»Kein Modellbahner vergisst seine erste Lok – diese 200'er war meine erste«, sagte Panchyrz. »Ich hab sie geliebt, gehegt und gepflegt. Drum konnte ich sie weder wegwerfen noch verkaufen, aber seit dieser ... dieser *Geschichte* mit ihr habe ich sie auch nicht mehr bewegt. Sie steht einfach nur da unten in ihrem Schattenbahnhof und wartet – genau wie sie es in diesem Moment tut.«

Endlich sprach Gellert das aus, was ihm und Maike am meisten auf den Nägeln brannte: »Dann wissen Sie, wo 032 ist?«

Panchyrz zuckte gleichmütig mit den Schultern.

»Wahrscheinlich noch da, wo wir sie zurückgelassen haben: in der Maschinenhalle von der MPM. Ich sagte ja, dass Luis mit dem Geld zeitweise einfach um sich geworfen hat. Er hat die Halle gekauft und sie dann irgendwie in diesem Netz aus Trusts oder Scheinfirmen verankert; sicher hat er aus dem ganzen sogar noch einen steuerlichen Vorteil oder sogar Gewinn ziehen können.« Panchyrz lachte erneut auf. »Ja ja, ein schlauer G'schäftsmann war er schon, aber leider ein schlechter Betrüger. Die Halle hat mal zur Krafft-Martin AG gehört und liegt auch auf deren Gelände. Wenn die Besitzansprüche nicht inzwischen an KM zurückgefallen sind, dann gibt es die Halle heute noch. Und sie steht darin.«

7

Bernd Gellert sah aus, als hätte man ihm eines mit dem berühmten Holzbrett über den Schädel gezogen. Maike war nicht ganz sicher, was genau ihn so mitgenommen hatte. War es die Geschichte des alten Eisenbahners, welche die dunkle Legende der Unglückslok nicht letztlich widerlegt, sondern glaubhaft bekräftigt hatte? Oder die Tatsache, dass sie (*auch Maike war inzwischen übergegangen, die Lok so zu personifizieren, wie Panchyrz dies getan hatte*) die ganze Zeit in der alten Werkshalle der MPM gestanden hatte, nur ein paar Kilometer von jenem Ort entfernt, an dem sie Mitte der fünfziger Jahre das Licht der Welt erblickt hatte? Vermutlich war es eine Kombination der beiden Dinge, folgerte Maike, womit sie ganz richtig lag.

»Würden Sie uns einen Plan zeichnen? Wie wir da hinkommen, zu dieser Halle, meine ich?«, sagte sie.

»Das wollen Sie *wirklich*?«, fragte Panchyrz mit gewölbten Augenbrauen. »Nach allem, was ich Ihnen grad erzählt hab?«

»Es geht hier um ein neues Buch – und Bernd Gellert recherchiert immer perfekt, das sollten Sie wissen, da Sie seine Arbeit kennen«, sagte Maike und klang so überzeugend, als wäre sie tatsächlich seit Jahren seine Assistentin und Agentin.

»Stimmt – aber wohl ist mir nicht bei der Sache, ganz ehrlich«, sagte der Pensionär. »Ich will nicht einen meiner Lieblingsschriftsteller in die Höhle des Löwen schicken.«

»Sie vergessen, wir kommen nicht unvorbereitet«, sagte Maike. »Herr Gellert und ich wissen, womit wir es zu tun haben ... und womit nicht.«

Sie warf Gellert einen vieldeutigen Seitenblick zu.

»Und womit *haben* Sie es zu tun?«, fragte Panchyrz.

»Einem Gegenstand, der das Unheil anzieht«, sagte Maike und erwiderte den leicht herausfordernden Blick des Rentners direkt und stark, was ihm den Wind aus den Segeln nahm. »Diese Gegenstände können vielerlei Formen annehmen, denken Sie nur an die berühmten Unglücksschiffe. Unglücksdiamanten. Unglückshäuser. Warum sollte es nicht auch eine Unglücks*lok* geben? Wenn man die Geschichte der Lok betrachtet, dann kann man zu keinem anderen Schluss kommen. Es gibt Zufälle, aber es gibt auch einen Punkt, an dem Zufälle als Lösung ausscheiden. Eine solche Lösung wäre zu einfach. Aber glauben Sie uns, Herr Panchyrz, Herr Gellert hat nicht vor, eine billige Gespenstergeschichte zu schreiben. Er hat jedoch auch nicht vor, sich in billige Lösungen zu retten. Das wäre allen Opfern, die diese Lok gefordert hat – und da schließe ich Sie ein, Herr Panchyrz – kein guter Dienst.«

Der Pensionär überlegte ein paar Momente und nickte dann.

»Sie haben mich überzeugt«, sagte er.

Er zog einen Bleistift und ein Blatt Papier aus einer der Schubladen seiner Werkbank. Dann zeichnete er jenen krakeligen Lageplan, der Maike Tiersen und Bernd Gellert schließlich zu jener zwielichtigen, aufgegebenen Halle auf dem Werksgelände der Siemens-Krafft-Martin AG in München führen würde ... ein Gebäude, über dem sich im Moment eine dicke Ladung schwarzer Wolken ballte, ohne dass die beiden Forscher davon die geringste Ahnung hatten.

Drittes Kapitel

DIE DUNKLE HALLE (II)

1

Zum ersten Mal sahen Maike Tiersen und Bernd Gellert die Lok in ihrer vollen, wuchtigen Größe aus etwa fünfundzwanzig Meter Entfernung. Unwillkürlich blieben die beiden im selben Moment wie angewurzelt stehen. Die Dynamik und schiere Kraft der Maschine waren selbst jetzt im gebändigten Stillstand immer noch höchst beeindruckend, sogar für einen langjährigen Eisenbahnexperten und Menschen dieses technologisch hochgezüchteten 21.ten Jahrhunderts.

»Alter Schwede«, sagte Maike. »Ich ... also ich hätte *nie* gedacht, dass diese Lok wirklich so ... so ... groß ist. Ich arbeite zwar für den Laden, der diese Dinger damals gebaut hat, aber ich habe ... ich hab noch nie wirklich eine gesehen. Das ist ja ein Dinosaurier, ein Lokusaurus Rex.«

»Ja, war leider ziemlich vor Ihrer Zeit«, sagte Gellert; aus irgendeinem Grund wagte er in Gegenwart der Lok nicht, lauter als im Flüsterton zu sprechen. »V220-032, die Registriernummer stimmt schon mal.«

»O Scheiße, Bernd, aber sehen Sie sich *das* an«, sagte die junge Frau plötzlich und deutete auf den fast knöchelhohen Wulst aus toten, teilweise schon zersetzten oder mumifizierten Insekten und Kleintieren (sogar Vögel und Mäuse schienen darunter zu sein), der sich wie ein morbider Kraterwall um die Lok auf ihrem Schienenbett zog.

Gellert schüttelte den Kopf. Er wollte und konnte sich jetzt aber keine Gedanken darüber machen – zu faszinierend und verrückt zugleich waren die Umgebung und die damit verbundene Gewissheit, nun vor einem absurden Phantom zu stehen: jener legendären dreizehnten Lok der ebenso legendären Baureihe V200.

Stumm schritt er noch näher an die Maschine heran und berührte sie ganz vorsichtig, zog die Hand jedoch sofort wieder zurück, als eine kleine elektrische Entladung zwischen seinen Fingerspitzen und dem Außenblech seine Haut unangenehm prickeln ließ.

»Und jetzt?«, wollte Maike wissen.

»Jetzt kommt die Probe aufs Exempel«, sagte Gellert und trat zwischen die Puffer der Lok, wo er trotz seiner körperlichen Größe erschreckend klein und verletzlich wirkte angesichts der gewaltigen Maschine mit ihrem seltsam mürrischen Gesicht. Staubfäden und Spinnweben verwandelten das Kupplungssystem in eine surreale Winterlandschaft. Mit angespanntem Gesichtsausdruck kniete sich Gellert hin und streckte die linke Hand in Richtung seiner Begleiterin aus.

»Ich brauch' die Taschenlampe«, sagte er.

Obwohl es ihr extrem zuwider war, sich der Lok zu nähern *(Gott und ihr gut entwickelter weiblicher Instinkt alleine wussten, wieso)* machte sie zwei Schritte vor und reichte Gellert die Taschenlampe. Dann wich sie zurück, so schnell sie konnte.

Gellert legte sich derweil hin und begann auf dem Bauch unter die Lok zu robben. Als nur noch seine Beine zu sehen waren, ging seiner Begleiterin ein verrückter Gedanke durch den Kopf: *So also sieht es aus, wenn man von einer Lokomotive verschluckt wird!*

Überall sonst hätte sie dies zum Lachen gebracht. Aber nicht hier. Nicht in diesem Schattenbahnhof, diesem bizarren Mausoleum für eine vergessene, ausgemusterte Lokomotive. Und *ganz besonders* nicht, wenn man die dunkle, unglückselige Geschichte jener Lok in Betracht zog. Dann wurde dieser Gehirnfurz irgendwie zu einem Omen. Ganz sicher keinem guten.

Sie fuhr zusammen, als sie Gellerts Stimme abrupt in die Realität zurückholte: »Himmel ... o Gott ... Jeee-sus!«

»Berndie!?«, fragte sie. »Was ist los?«

»Das ist sie!«, kam es unter der riesigen Diesellok hervor. »Der Rahmen hat hier eine Schweißspur ... das ist der Schaden vom Zusammenstoß in Ingolstadt mit dem Güterwagen! Wir haben 18 276 tatsächlich gefunden.«

Toll! Dann kriechen Sie nicht so lange unter dem Ding da herum und kommen Sie endlich wieder heraus, damit wir verschwinden können! wollte sie ihm zurufen, während das Blitzlicht von Gellerts alter Hasselblad die finstere Unterseite der Maschine für die Beweisfotos immer wieder in kaltem, grellem Licht erstrahlen ließ. Die Lok schaute nur gleichmütig, vielleicht sogar ein wenig verschlagen, aus ihren vergitterten Augen *(in Wirklichkeit die Makrofon-Anlage und eine Luftkühlungsöffnung für das hydromechanische Mekydro-Getriebe)* zu, was vor und unter ihr geschah.

»Autsch!«, rief Gellert plötzlich, nachdem er sich zu guter Letzt wieder in Bewegung gesetzt hatte.

»Berndie?!« *Was war denn nun los?*

»Mist! – Autsch nochmal! - Ich hab mir ordentlich den Kopf angerempelt ... es ist etwas *eng* hier unten.«

Endlich kam er wieder zum Vorschein, eingestaubt, voller Dreck und öliger Russreste. Auf seiner Stirn klaffte eine ziemlich tief aussehende, blutende Schramme.

»Oje, Berndie«, sagte Maike. »Sieht bös aus.«

»Das haben Sie gut erfasst«, brummte der Autor und berührte zusammenzuckend die Wunde an seinem Kopf. Danach betrachtete er das frische Blut an seinen Fingerspitzen nur einen Moment lang, bevor er sich angewidert und blass werdend abwandte. Wieder einmal fühlte sich Maike in ihrem Wissen bestätigt, dass die Menschheit schon längst ausgestorben wäre, wenn Männer die Kinder bekommen müssten.

Gellert hatte gerade angefangen, seine Sachen von dem Kehricht zu befreien, den er unter der Lok aufgesammelt hatte, als er und Maike den Donner hörten. Das Krachen kam so laut und unvermittelt, dass Gellert zusammenfuhr und Maike einen erschrockenen Laut – »Yikes!« – ausstieß.

»Was, zum Teufel?«, fragte sie und warf Gellert einen verdutzten Blick zu.

»Ein Gewitter?« Gellert war nicht minder verblüfft. Als sie in die Halle geklettert waren, hatten nur ein paar ferne Wolken am Horizont auf einen Wetterwechsel hingedeutet. Inzwischen hatte sich das Unwetter nicht nur herangeschlichen, sondern direkt über die Industriemeile geworfen. Der Himmel hatte eine bedrohliche blaugraue Farbe angenommen und der letzte wolkenlose Streifen im Westen schmolz dahin, als würde man rasch einen Reißverschluss darüber zuziehen. Schon wenige Augenblicke später schüttete es wie aus Kübeln.

»Bin ich die einzige, die dieses Gewitter ziemlich filmreif findet?«, fragte Maike.

»Sicher nicht. Wenigstens sind wir im Trockenen hier.«

Das stimmte. Dennoch konnte sich Maike etwa *zehntausend* angenehmere Orte zum trockenen Verweilen während eines Gewitters vorstellen als diese Halle, in der die Präsenz der Diesellok die Photonen anzog und alles Licht zu verschlucken schien wie ein schwarzes Loch.

2

Die beiden ließen sich im ehemaligen Büro des Vorarbeiters nieder, von dem aus man fast die gesamte Montagehalle überblicken konnte. Eine quietschende Stahltreppe hatte sie hinauf zu dem verglasten Kasten in Höhe des zweiten Stockwerkes geführt, und, so seltsam es klang, Maike fühlte sich erst dann sicherer, als sie nicht mehr auf einer Ebene mit der Lokomotive war. Sie konnte nicht sagen, ob dies nun am Nachhall all der Schreckensgeschichten lag, die mit der Lok verbunden waren, oder ob nicht *doch* etwas reell Seltsames von dieser Lok ausging, eine Art flexibler Finsternis, die eher vom Geist und der Intuition als dem Auge entdeckt wurde.

Die V200 konnte sich natürlich nicht bewegen, sie stand einfach nur einsam und buchstäblich wie bestellt und nicht abgeholt auf ihrem Gleisfragment. Dennoch schien sie sich in jedem unbeobachteten Moment näher an einen heranzuschleichen. Dieser Eindruck war verrückt, wie ein übles Klischee aus einem der Horrorbücher und Gruselfilme, die Maike liebte. Aber das nagende Gefühl von Unbehagen wollte einfach nicht kleiner werden, im Gegenteil. Es wuchs. Rasch und gründlich.

Und das war schade, echt eine Schande. So viel Zeit hatte sie mit der Suche nach dieser speziellen Maschine verbracht. Hätte sie nun, am Ziel der Suche, nicht so etwas wie Glück und Stolz empfinden sollen? Und dürfen? Immerhin war dieses Ergebnis für jemand aus dem Archiv eines Großkonzerns eine beachtliche detektivische Leistung (und nebenbei noch ein riesiges, prickelndes Abenteuer).

Doch tatsächlich war sie alles andere als zufrieden oder gar selbstbewusst.

Maike fühlte sich abgespannt, ernüchtert und seltsam bekümmert. Die vielen Unfälle der Lok waren bislang eine abstrakte Tatsache gewesen, wie die Zeitungsnotiz über einen Wirbelsturm in Birma. Nun war aus beziehungslosen Aktennotizen über eine Kette von Unglücksfällen plötzlich ein riesiges und Unmut verursachendes Gebilde aus Stahl, Blech, Gummi und Kunststoff geworden.

Ein Objekt, dessen drückende Realität auch seine blutige Geschichte allzu real werden ließ.

Seufzend und mit einem dicken Kloß im Hals ließ sie sich in einen hölzernen Bürostuhl fallen. Die knarrenden Sitzmöbel waren ebenso wie ein paar Regale voller vergilbter Leitz-Ordner und ein Kalender von 1982 (*die junge Frau musste zweimal hinschauen, um die Jahreszahl zu glauben*) hier zurückgelassen worden waren, als zuerst ihr Brötchengeber und viel später auch der private Eisenbahnverein dieses Gebäude geräumt hatten.

Das Gewitter jenseits der Hallenmauern hatte sich noch nicht gelegt, aber seine Fieberkurve schien sich endlich zu senken. Die Zeitspanne zwischen den Blitzen und ihrem Donnerhall hatte sich inzwischen auf mehrere Sekunden gestreckt, und aus dem fast gewalttätigen Gewitterregen war ein gleichmäßiger, wenn auch nach wie vor kräftiger Schauer geworden.

Normalerweise war dies der Zeitpunkt (ein wenig Ruhe und Maike, die ihren Körper in sitzende oder auch liegende Position gebracht hatte), an dem sie bereits mit einem Freund oder einer Freundin in stetigen SMS-Kontakt getreten wäre. Doch aus ihrem geliebten Zeitvertreib würde jetzt und hier nichts werden. Sie saßen mitten in einem gähnenden Funkloch.

Shit!, dachte sie. So gerne hätte sie jetzt ein wenig Ablenkung von der Nähe dieses Unglücksschiffs auf Schienen gehabt, und ihr Telefon war so tot wie Kurt Cobain.

Sie musste etwas gegen diesen Frust unternehmen. Am besten auf die für sie typische offensive Weise.

»Berndie, darf ich Sie mal was fragen?«, sagte sie.

»Haben Sie das nicht streng genommen gerade schon getan, als Sie mich fragten, ob Sie mich etwas fragen dürfen?«, erwiderte Gellert, ohne von dem alten Reparaturbericht aufzusehen, das er gerade durchblätterte.

Maike seufzte. Ausgerechnet jetzt musste Berndie seine E-manzipation so weit treiben, dass er keine Fragen mehr ohne eine leicht ironische Gegenfrage beantworten konnte.

»Warum tun Sie das alles?«, fragte sie. »Warum suchen Sie ... sie?« Maike machte eine energische Kopfbewegung in Richtung der V200.

Gellert antwortete nicht.

»Berndie, genau *das* meine ich«, sagte Maike. »Wieso verbringt ein renommierter Autor von Eisenbahnbüchern über die Deutsche Bundesbahn der Fifties, Sixties und Seventies seine Zeit damit, der Legende einer Unglückslok nachzugehen, ohne es wirklich zu wollen? Sie haben die ganze Zeit den Eindruck gemacht, als wären Sie lieber *ganz* wo anders ... na ja, als hätten Sie Angst, Ihr guter Ruf könnte beschädigt werden, wenn das hier herauskommt. Und darum kann ich mir nicht vorstellen, dass all dies ein neues Buch wird, obwohl es bislang eine prima Tarnung für unsere Recherchen abgab. Dieses Thema würde so zu Ihnen passen wie DJ Ötzi und Rex Gildo in meine CD-Sammlung: *Gar nicht*. Jetzt mal ehrlich, ich habe Sie immerhin hierher geführt, finden Sie nicht, dass ich inzwischen das Recht habe, zu erfahren, was hinter dieser Suche steckt?«

Er überlegte mit gerunzelter Stirn.

»Also schön«, sagte er schließlich. »Da kann ich Ihnen nicht einmal widersprechen. Die Story ist allerdings alles andere als spektakulär oder so mysteriös wie die Geschichte der Lok, die da unten steht. Ich mache dies als Gefallen für einen Freund.«

»Einen Freund?« Maike verschränkte die Arme. »Kommen Sie schon, ich will alles hören, okay? Hat man Sie mit pikanten Fotos erpresst – Sie wissen doch, *knick-knack*, solche, von denen man sagt: ich war jung und brauchte das Geld.«

Und da war er endlich wieder, Gellerts Blick irgendwo zwischen Entsetzen und Indigniertheit, der Maike bewies, dass sie wieder eine jener für sie typischen Bemerkungen gemacht hatte, mit denen sie schon diverse Exfreunde und andere Idioten verschlissen hatte. Zumindest nahm Bernd die Neckereien mit Anstand, Würde und großer Ausdauer hin, das musste man ihm lassen.

»Ich sagte schon, *ganz* so extrem ist es nicht«, erwiderte er. »Vor ein paar Wochen rief mich ein Bekannter an, Tilmann Braun, der für einen Museumsbahnverein arbeitet, die Fränkische Museumseisenbahn. Bei der FME steht ja der Urvater der Baureihe V200, die 001, allerdings nicht in fahrtüchtigem Zustand. Tilmann meinte, jemand habe sich bei ihm nach der Baureihe V200 erkundigt und dabei auch das Thema der verfluchten dreizehnten Lok angesprochen. Tilmann sagte ihm, dies sei nur eine Legende, aber der andere Kerl hat nicht locker gelassen. Es stellte sich heraus, dass er sogar Sven Oopgenorth und einige andere Insider kontaktiert hatte, um an Informationen zu kommen. Dort hatte man ihn aber achtkantig abgewiesen.«

»Wer ist dieser ‚andere Kerl‘?«, fragte Maike. »Und wieso interessiert *ihn* diese Geschichte?«

»Gute Frage, aber keine Ahnung«, sagte Gellert. »Jedenfalls gab der Mensch keine Ruhe, bis mein Bekannter versprochen hat, einige Nachforschungen anzustellen, zumal ihm der Fremde für die Recherchen sogar eine finanzielle Entschädigung und eine Geldspende an die FME in Aussicht gestellt hat. Na ja, und da hat mich der Tilmann eben um Hilfe gebeten ... obwohl ich ihm damals genau gesagt habe, was meine Überzeugung ist, nämlich dass diese ominöse dreizehnte Lok nichts als eine absurde Gruselgeschichte ist.«

Maike grinste unbehaglich. »Was waren wir alle damals naiv und unbefleckt, oder?«

»Und wie. Auf jeden Fall klang Tilmann sehr ... hm, wie soll ich sagen? Es schien ihm ernst zu sein. Der Fremde wollte diese Frage unbedingt geklärt haben. Also habe ich Tilmann versprochen, meine Kontakte ein wenig spielen zu lassen und zu sehen, was ich heraus bekomme. Weiß Gott, dass ich nie und nimmer *damit* gerechnet hätte. Eigentlich hatte ich Beweise gesucht, dass alles mit der dreizehnten Lok nur Mumpitz ist ... und nun existiert *wirklich* diese 200'er da unten mit ihrer abnormen Historie.«

'Abnorm' - welch nette Untertreibung, dachte Maike.

»Hat Ihr Weltbild ein wenig erschüttert, oder, Berndie?«

»So wie es das Ihre würde, wenn herauskommt, dass die katholische Kirche *doch* recht hat«, erwiderte Gellert.

»Touchè!« Maike freute sich offenkundig über diese geistreiche Retourkutsche. Sie hatte bereits eine treffende Antwort parat, kam jedoch nicht dazu, sie loszuwerden. Sie legte den Kopf schief und hob ein wenig gebieterisch den Zeigefinger, um Gellert zu demonstrieren, dass er still sein sollte. Dann flüsterte sie: »Haben Sie das gehört?«

»Was meinen Sie?« Gellert spitzte ebenfalls die Ohren.

»*Pscht!*« Abrupt stand sie auf und ging hinüber zu jenen Fenstern, von denen aus man den Eingang der Halle beobachten konnte. Keinen Augenblick später machte sie einen raschen Schritt zurück.

»Ups!«, stieß sie hervor. »Wir haben Gesellschaft!«

Zuerst hielt Gellert dies für einen ihrer üblichen finsteren Scherze. Doch dann sagten ihm ihre geduckte Haltung und der Blick in ihren Augen, dass dies kein Witz war. Er stand auf und kam eilig zu ihr, spähte nach unten.

Zwei Männer hatten sich Einlass zur Halle verschafft, vermutlich durch das Fenster, das Maike zerteppert hatte. Der eine war schlank, durchtrainiert und mochte um die fünfzig Jahre alt gewesen sein. Kurzes, aschgraues Haar bedeckte die Seiten seines kantigen Schädels. Er trug einen robusten Anzug von herausragender Qualität und einen dunklen Regenmantel darüber. Seine Bewegungen wirkten kontrolliert und effizient. Mit derselben Professionalität scannte er fortwährend die Umgebung.

»Wenn das kein Bulle ist, fresse ich einen Besen«, murmelte Maike. »Aber was tut der hier? Hätte man uns nur beim Einsteigen beobachtet, dann hätten wir jetzt höchstens die vollpfostigen Frührentner vom Werksschutz an der Backe. Also *was*, bitte schön, geht hier *vor?*«

»Ich habe keine Ahnung«, sagte Gellert mit einem nagenden Gefühl der Angst und Ungewissheit im Magen.

Der Begleiter des Profis im Anzug war erheblich älter, wenigstens Anfang siebzig, wobei ihn sein verlotterter Zustand vermutlich noch betagter wirken ließ, als er es war. Er trug eine alte Trainingshose, ein zerschlissenes Adidas-Oberteil mit Reißverschluss, unter dem ein speckiges Trikot hervorlugte, einen lumpigen Rucksack und Ledersandalen ohne Socken. Sein Mund war zu einem seltsam versonnenen Grinsen verzogen. Im linken Mundwinkel baumelte eine Kippe.

Das seltsame war, dass der alte Mann Gellert mehr als vage bekannt vorkam. Gellert hatte ein sehr bildhaft funktionierendes Gedächtnis und vergaß nie, ob er ein Gesicht schon einmal gesehen hatte; nur konnte er manchmal keinen Namen damit verbinden oder einen Ort, wo ihm dieses Gesicht schon einmal begegnet war. So wie jetzt. *Ausgerechnet* jetzt.

Ihm dämmerte bereits, dass viel von diesem Detail abhängen könnte – und wohl auch würde.

Bernd, streng dich an! befahl er sich, die Information hervorzukramen.

Viertes Kapitel

DANZIG

1

Auch für Peter Danzig hatte diese Begebenheit vor zwei Monaten begonnen, allerdings ein wenig früher als für Maike Tiersen oder Bernd Gellert.

Als ihn der Anruf seines besten und langjährigsten Kunden erreichte, saß Danzig gerade in einem Restaurant in der Altstadt von Nizza und genoss ein exzellentes Entrecote in Burgunder. Danzig versuchte, mindestens drei oder viermal im Jahr ein paar Wochen in Südfrankreich zu verbringen, um seine Batterien wieder aufzuladen und sich für die Herausforderungen des restlichen Jahres zu wappnen. Nicht immer ließ ihm sein Zeitplan den nötigen Spielraum. Aber Danzig bemerkte einfach, dass er besser funktionierte, wenn er sich den Freiraum irgendwie schaffte. Daher waren seine normalen Kunden für ihn an diesem Ort schlicht gestorben, und zwischen ihm und seinem Hauptauftraggeber existierte ein unumstößliches *Gentleman's Agreement*, Danzig hier seine Privatsphäre zu gönnen und ihn in Ruhe zu lassen (obschon ihn die Anrufe aus Seattle daheim in Köln jederzeit erreichen konnten).

Wenn nun sein Handy vibrierte und das Display den Namen seines Hauptkunden zeigte, ahnte Danzig schon, dass es sich um eine entweder besonders ausgefallene oder wirklich dringende Angelegenheit handeln musste. Sein Urlaub in Frankreich neigte sich bereits dem Ende zu, und er fühlte sich erfrischt und motiviert (auch neugierig) genug, um den Anruf anzunehmen. Diskret verließ er den Speisesaal und postierte sich in dem langen, mit Kunstdrucken geschmückten Korridor, der zu den Waschräumen führte.

»Peter, wie geht es Ihnen?«, wurde er begrüßt. Die Stimme, die Danzig hörte, war kultiviert, angenehm – und überaus frisch und gesund. Gerüchten zufolge hatte sein Hauptkunde sein Vermögen im einstelligen Milliardenbereich als Dot-com-

Pionier gemacht und war vor dem Platzen der Internet-Blase an der Börse rechtzeitig abgesprungen. Anderen Ondits nach war er ehemaliger Waffenhändler, Profikiller oder auch Gangsterboss. Das einzige, was Danzig wusste (weil es ihm sein Kunde erzählt hatte), war, dass ihn eine beinahe fatale Herzattacke vor Jahren zu einer radikalen Änderung seines Lebensstils gezwungen hatte. Seitdem lebte der rätselhafte Milliardär makrobiotisch-rohvegan, hatte sich zu einem Yoga-Meister entwickelt, trennte sich von sämtlichen Geschäften, die er noch besessen hatte, und konzentrierte sich auf gemeinnützige Projekte – sowie seine legendäre und geheimnisumrankte Privatsammlung.

»Ich weiß, dass Sie noch bis übermorgen in Frankreich sind«, fuhr der Kunde fort, »und ich entschuldige mich in aller Form für diese einzigartige Missachtung unseres Gentlemen's Agreements. Aber ich konnte nicht warten. Ich glaube, wir haben eine erste echte Spur in der Gleissache.«

Danzig wölbte die Augenbrauen. »Aha«, sagte er.

Die erwähnte »Gleissache« war seit geraumer Zeit eine der Herzensangelegenheiten seines Auftraggebers – und eine der verrücktesten, das musste selbst Danzig zugeben, der einiges gewöhnt war. Seit nunmehr 5 Jahren bereiste er im Auftrag dieses Mannes, der so ungreifbar wie Rauch blieb, die halbe Welt und suchte und fand Dinge, die landläufig als »verflucht« oder »besessen« galten. Er spürte Gegenstände von erlesener Morbidität auf, etwa Gemälde aus der Hand von Serienkillern, authentische Mordwerkzeuge oder Unglücksbringer wie der Schal, mit dem sich die Schauspielerin Jayne Mansfield beim Autofahren selbst erdrosselt hatte. Er hatte es geschafft, das originale und seit langer Zeit verschollen geglaubte Logbuch des größten aller Unglücksschiffe, der *Great Eastern*, in einer privaten nautischen Sammlung in Norfolk zu finden. Und nun hatte es sich sein Auftraggeber in den Kopf gesetzt, ein Unglücksschiff auf Rädern zu finden, eine Diesellok aus den Fünfzigern, die angeblich nicht weniger Unglücke und Unfälle anzog als die *Great Eastern.* Selbst für Danzig war dies eine neue Dimension.

»Sie erinnern sich an die Anzeigen in den deutschen Eisenbahnmagazinen, von denen Sie mir abgeraten haben?«, wollte der Kunde wissen.

»Ich erinnere mich«, sagte Danzig.

»Also, Peter, ich muss etwas gestehen: auch gegen Ihren Rat *habe* ich die Anzeigen geschaltet«, sagte sein Kunde. »Und nun hat sich tatsächlich etwas ergeben! Ich bekam einen Brief aus Deutschland – einen echten Brief, können Sie sich das vorstellen? Der Mann ist 71 Jahre alt und besitzt keinen Computer, daher konnte er mir keine e-Mail schreiben. Er war angeblich am Bau der Lok beteiligt. Er konnte mir so viele Details nennen, dass ich einfach davon ausgehe, er sagt die Wahrheit. Ich möchte, dass Sie die Spur von dort aus wieder aufnehmen. Alle Details sind bereits in Ihrem Hotmail-Account.«

»Alles klar«, sagte Danzig und verabschiedete sich bereits in Gedanken von Nizza.

2

Sein bevorzugtes Hotel, die Villa Les Cygnes an der Avenue Chateau de la Tour in Les Baumettes, fiel eindeutig unter die Kategorie »Geheimtipp«.

Angesiedelt in einem Herrenhaus aus den Zwanziger Jahren war die Pension elegant, aber zugleich liebenswert bescheiden. Die Villa machte kein blasiertes Gedöns um sich, weswegen die selbsternannte *High-Society* das Haus trotz fantastischer Kritiken keines zweiten Blickes würdigte. Hier *sah* man nicht und wurde man nicht *gesehen.* In der Villa Les Cygnes dominierten altmodische Tugenden, individuelles Ambiente und ein Gefühl der Heimeligkeit, was das Haus zu einer Offenbarung für Menschen mit Geschmack und einem Blick fürs Wesentliche machte. Die Betreiber, Bénédicte und Remy Lebrun, waren inzwischen fast so etwas wie Freunde für Peter Danzig geworden. Sie schätzten seinen Stil und seine Zuverlässigkeit ebenso wie er die Mühe und Liebe, die sie in ihre Pension investierten.

Als er nun zum ersten Mal in all den Jahren frühzeitig abreiste, waren die beiden offen besorgt – hatte ihm etwas nicht gepasst? War etwas nicht in Ordnung gewesen? Er erklärte ihnen die Situation und versprach, die ausgefallenen Tage so bald wie möglich nachzuholen. Dann ließ er sein Refugium hinter sich zurück. Mit Autorität, aber frei von typisch teutonischer Verbissenheit, lenkte er seinen karbonfarbenen, von Brabus hochgerüsteten Mercedes CLK (Spitzname: »der Barracuda«) über die E1 entlang der Rhone in Richtung Dijon.

Kurz vor seiner Abreise hatte er seinen anonymen Hotmail-Account gecheckt und dort die versprochenen Details über seinen Kontakt erfahren: Der Mann hieß Giuseppe Vecchio, war 1935 in Bologna geboren und kam 1953, knapp achtzehnjährig, als einer der ersten »Fremdarbeiter« nach Deutschland. Er konnte eine abgeschlossene Lehre als Stahlschlosser vorweisen. 1955 begann er bei der Krafft-Martin-AG in München in der Lokfertigung zu arbeiten, wo er, laut eigener Aussage, 1956 am Aufbau der »verfluchten Diesellok« beteiligt war. Heute war er 73 Jahre alt und lebte in der Gegend von Ulm an der Donau. Auf die Suchanzeige von Danzigs Auftraggeber war er in einem der Eisenbahnmagazine gestoßen, die er immer noch mit großer Leidenschaft verfolgte.

Tatsächlich konnte Vecchios Brief einige neue Impulse für die Geschichte geben, die Danzig in seiner Recherche bislang entgangen waren. Ohne zu sehr ins Detail zu gehen (*nicht unclever als zukünftige Verhandlungsbasis*, dachte Danzig) schrieb Vecchio, dass man bislang zumeist unter den falschen Voraussetzungen gesucht hätte und er genau wusste, worauf es bei der Suche wirklich ankam. Vecchio bemerkte nur, dass es sich dabei um die Registriernummer drehte. Außerdem hatte er dem Brief einige alte Fotos aus seiner Zeit bei der Krafft-Martin-AG beigelegt, die der Auftraggeber ebenso wie den Brief selbst eingescannt und auf elektronischem Wege an seinen Agenten im Außendienst geschickt hatte.

Kurz vor Dijon verließ Danzig die E1 und wechselte auf die E44, fuhr nun in Richtung Mühlhausen. Schließlich überquerte er den Rhein und somit die Grenze zwischen Frankreich und Deutschland. Von der A5 ließ er sich nun bis Karlsruhe bringen, bevor er am Autobahnkreuz Ettlingen nach rechts auf die A8 abzweigte und Ulm ansteuerte. Erschöpft von der langen Fahrt, die er nichtsdestotrotz in Rekordzeit hinter sich gebracht hatte (dem fast 500PS starken Barracuda sei dank), checkte er im Maritim Hotel am Donauufer ein. Auch dies war eine Tradition für ihn; wann immer er geschäftlich in Ulm und um Ulm herum zu tun hatte, wählte er dieses Hotel. Obschon es bessere Hotels am Ort geben mochte, liebte er den einmaligen Ausblick auf die Stadt, den ihm die Zimmer im obersten Teil des glasverkleideten Hochhauses boten.

Am nächsten Morgen erwachte er voller professionellem Tatendrang.

Um zehn Uhr, nach dem Frühstück, joggte er zuerst zwei Kilometer an der Donau entlang und dann einige entspannende Runden durch die Friedrichsau. Danach versuchte er, Giuseppe Vecchio zu erreichen. Beim dritten Anruf meldete sich der alte Mann endlich. Er klang verschlafen – oder verkatert. Vermutlich sogar beides.

»Buongiorno Signore Vecchio«, sagte Danzig. Italienisch war eine der Fremdsprachen, die er fast fließend beherrschte. Dennoch entschied er sich, Deutsch zu sprechen. »Mein Name ist Peter Danzig. Es geht um den Brief, den Sie auf die Anzeige in der Eisenbahn Aktuell geschrieben haben.«

»M-hm?!«, sagte der alte Mann und hustete. Wenn Danzigs Auftraggeber die vermutlich reinste und gesündeste Stimme auf dieser Welt hatte, so war dies das perfekte Gegenteil: Kaffee, Alkohol und Nikotin sprangen Danzig selbst durch die Telefonleitung fast an und schnürten ihm die Kehle zu. *Das würde nicht wirklich angenehm werden*, dämmerte ihm.

»Der Mann, der an Ihrer Geschichte interessiert ist, schickt mich – ich möchte mich mit Ihnen unterhalten.«

»Kohle«, sagte der alte Mann, wobei sich Danzig nicht sicher war, ob es sich um eine Frage oder eine Aufforderung gehandelt hatte.

»Über Ihr Honorar werden wir garantiert auch sprechen«, sagte Danzig. »Aber haben Sie Verständnis, dass ich auch erst wissen muss, was Sie meinem Auftraggeber bieten können, bevor wir dieses Thema vertiefen. Auf jeden Fall werden Sie nicht zu kurz kommen.«

»Mensch, kommense vorbei wannse wollen«, sagte der alte Mann schließlich. Er sprach keinen wirklich zuordenbaren Akzent oder Dialekt, sondern er ließ seine Worte irgendwo zwischen nuscheln und lallen ineinander fließen. »Wennse meinen Brief ham dann hammse auch meine Adresse. Tschau.«

3

Vecchio lebte in einer kleinen Stadt namens Senden, von Ulm ein paar Minuten die A7 entlang in Richtung Allgäu entfernt. Dort bewohnte er eine kleine, verwinkelte Altbauwohnung in einem gelben Haus aus der Gründerzeit, das am Rande eines aufgegebenen Fabrikareals stand. Als Vecchio die Türe öffnete, umfing Danzig ein eigentümlicher Geruch: eine Mischung aus dem schweren Ölgestank, den alte Nachtspeicheröfen verbreiteten, Schimmel, Franzbranntwein und Weißkohl.

»Kommense rein«, sagte Vecchio und trat zur Seite.

Die Bodendielen knarrten unter Danzigs Füßen, als er eintrat, in seinem edlen Anzug und mit seiner Aktentasche aus Karbon so unpassend an diesem Ort wie nur irgendwie möglich. In der Wohnung war es dunkel, da Vecchio die Mittagssonne mit den altmodischen Fensterläden aussperrte, aber kein Licht eingeschaltet hatte. Danzig folgte dem alten Mann durch einen schmalen Flur, der von einer Reihe metallener Kellerregale an der linken Seitenwand sogar noch weiter verengt wurde. Was genau die Regale enthielten, konnte Danzig nicht sehen, da die einzelnen Böden mit Betttüchern und anderen Sichtblenden abgedeckt waren. Es klirrte gläsern, als er mit der Schulter eines der Regale leicht anstieß.

Auch das kleine, rechteckige Wohnzimmer war zum bersten voll gestopft mit Regalen, Schränken und einer massiven Wohnwand, vor denen die wenigen anderen Möbel (ein Sofa, das scheinbar auch als Vecchios Schlafstatt diente, ein Holzstuhl und die benutzbare Hälfte eines Esstisches) fast verloren wirkten.

Die wenigen noch erreichbaren Wandflecken wurden zugekleistert von einer grotesken Mixtur aus alten Eisenbahnbildern, Erinnerungsfotos und Reproduktionen von Ölgemälden, die ausschließlich nackte, sehr junge Mädchen als Motiv hatten. Dies war schon befremdlich genug. Und dennoch gab es etwas, das Danzig sogar noch mehr verwunderte: er konnte sich des Eindrucks nicht erwehren, dass er hier *mitnichten* in einem typisch verwahrlosten Haushalt eines allein lebenden Messie-Seniors gelandet war. Bevor Danzig freiberuflicher Verkaufsagent und »Jäger verlorener Schätze« geworden war, hatte er zehn Jahre lang als Kriminalermittler bei der Kripo in Stuttgart gearbeitet. Den Blick für Details, den er sich damals antrainiert hatte, hatte er in den letzten Jahren nicht nur beibehalten, sondern auch weiter ausgeprägt.

Und nun war es dieser Blick, der ihm deutlich das Muster bestätigte, das hier vorherrschte. Hier war keinesfalls ein alter Chaot am Werk, sondern ein akribischer Sammler, der jeden erreichbaren Platz ausnutzte. Darum waren die Regale, Schränke und sogar die Wohnwand (in Buche furniert) voll bis zum Anschlag. Aber jedes Fach, jeder Boden, jede Etage hatte eine strikte interne Ordnung, was Größe, Beschaffenheit und vermutlich auch Zusammenhang des Inhaltes anging. Über jenen Inhalt selbst konnte Danzig in dieser halbdunklen Umgebung nur spekulieren, zumal ein Großteil der Fächer auch hier mit provisorischen Sichtblenden versehen war. Einige der offenen

Abteilungen enthielten sauber gebündelte und verschnürte Pakete von Zeitschriften.

»Was wollnse denn jetzt wissen?«, fragte der alte Mann und ließ sich in die einzig freie Sitzfläche auf dem Sofa nieder, ohne seinem Gast einen Platz angeboten zu haben.

»Alles, was *Sie* wissen«, sagte Danzig.

»Und was wernse dafür bezahlen?« Ein schäbiges Lächeln begleitete diese Frage. Dieses Lächeln wirkte fast zu einstudiert, um nicht eine gezielte Provokation zu sein.

»Alles, was die Information wert ist«, erwiderte Danzig in aller Ruhe.

»Wennse die Lok mit meiner Hilfe finden?«

»Sind Sie, wie man so schön sagt, aus dem Schneider«, sagte Danzig.

»Woher kann ich wissen, dass Sie *mich* nicht bescheißen, Kumpel?«

»Sie unterzeichnen einen so genannten Informantenvertrag mit meiner Agentur, in dem genau festgelegt ist, wie die Zusammenarbeit aussieht, was meine und Ihre Pflichten sind, wann das Geld bezahlt wird und so weiter. Dieser Vertrag ist gültig und bindend für beide Seiten. Wenn ich Sie bescheiße, bin ich dran. Wenn Sie mich übers Kreuz legen, ist es umgekehrt. Aber Sie können sicher sein: würden mein Auftraggeber und ich nicht glauben, dass Sie die Zeit und Aufmerksamkeit wert sind, wäre ich nicht hier.«

Vecchio grinste. »Her mit dem Wisch. Ich bin sauber.«

»Eine gute Einstellung, Signore Vecchio.« Danzig öffnete den Karbonkoffer und nahm zwei Kopien des Standartvertrags für diese Situationen heraus.

Vier Unterschriften später hatte sich die Zunge des alten Mannes endlich ein wenig gelockert. Hätte Danzig zu diesem Zeitpunkt schon die Geschichte gekannt, die Klaus Panchyrz widerfahren war, und die der Rentner später Bernd Gellert und Maike Tiersen erzählen sollte, wären ihm die zahllosen Gemeinsamkeiten zu Vecchios Story sofort aufgefallen.

Bereits in der Fertigung war die Lok mit der Fabriknummer KM 18 276 ein Problemfall, danach wurde sie zum Schreckgespenst. Ganz zu Beginn sah alles noch kaum ungewöhnlich aus, nur hin und wieder gab es kleine Verzögerungen, weil Werkzeuge und Maschinen in der Umgebung der Lok abrupt den Dienst versagten. Dann jedoch begannen die Unfälle, und alles änderte sich. Die Arbeiter begegneten der Lok zunehmend mit Argwohn. Als an einem Freitag im März dieser Gastank explodierte und den Schweißer Salvatore Georgano in Stücke riss, sowie zwei weitere Mechaniker schwer verletzte (einer davon, erzählte Vecchio, sei »sein bester Kumpel Guido« gewesen) kam es zum offenen Streit mit der Betriebsführung. Zwar kündigte man an, eine Untersuchung zu starten, wie es zu dem tragischen Unglück kommen konnte, aber letztlich sei dies, so Vecchio, nur eine Beschwichtigung für die verängstigten und wütenden Arbeiter gewesen. Der Bericht gab natürlich »menschlichem Versagen« die Schuld und führte aus, dass Georgano den Gasschlauch schlampig angeschlossen hatte. Aber was hätten sie auch sonst schreiben sollen? Die Wahrheit, dass er an einem Unglücksboten gearbeitet hatte? Vecchio machte eine abfällige Geste: »Naaah!« Einige der Arbeiter kündigten lieber freiwillig, als weiterhin an der Lok zu arbeiten, andere baten um Versetzung. Kurz vor Ende der Montage waren nur noch drei Männer des ursprünglichen Teams an der Lok tätig – »Ich, Adriano Sena und Eugen Seiffert, der alte Hurenbock, dem die Maschine als Abschiedsgruß noch beim Absenken des Kastens auf den Rahmen die Scheißhand zerquetschte.« Er machte eine eindeutige Geste: *Schnipp!*

»Heut bin ich der letzte, der noch lebt«, sagte Vecchio und hustete einen Klumpen irgendwas in ein kariertes Baumwolltaschentuch. »Hab Zeit meines Lebens da bei Krafft-Martin gearbeitet, bis vor acht Jahren. Alle die damals dabei waren, als man die 18 276 ausfahren ließ ... alle wussten, dass das so weiter gehen würde. Manchmal ham wir drüber gesprochen, manchmal hat jemand was aus ner Zeitung mitgebracht, wenn es ein

Unglück gab und unsere Lok daran beteiligt war. Hab das Ding nie vergessen. Hätt'n *Sie* das?«

»Vermutlich nicht«, sagte Danzig. »Aber so interessant das alles ist, wie hilft es uns, die Lok zu finden?« Erst in diesem Moment fiel ihm etwas auf. Rasch durchblätterte er seine Notizen. »Signore Vecchio, Sie sagten ‚die 18 276'. Die Fabriknummer der V200 013 ist aber ‚2000 013', soviel ich informiert bin. Würden Sie das bitte genauer erklären?«

»Das *ist* Ihre Erklärung, Schlaumeier«, sagte der alte Mann mit einem galligen Schnauben – als wäre ihm damit etwas herausgerutscht, was er noch nicht hatte preisgeben wollen. »Alle haben die ganze Zeit nach der falschen Lok gesucht, ist das so schwer zu kapieren?«

»Die falsche Lok?!«, wiederholte Danzig.

Auch Vecchio schilderte die Verwirrung, welche die Eingliederung der bei MAK gefertigten Lokomotiven in die Baureihennummern ausgelöst hatte. Er schloss: »So einfach wäre es gewesen, aber keiner hat mich je gefragt. Diese Ärsche. Wartense, ich zeig Ihnen was.«

Dann erhob sich der alte Mann, wobei sein theatralisches Ächzen und Grunzen das tatsächliche Knacken seiner Gelenke weit übertönte. Keinen Moment später landete ein dicker Leitz-Ordner in Danzigs Schoß. Danzig musterte die Beschriftung: *Unfälle und Zwischenfälle 18 276.*

Danzig schlug den Ordner auf und sah sich mit der pedantisch dokumentierten Unglückshistorie der V200 032, später V220 032-7, Krafft-Martin Fabriknummer 18 276, konfrontiert. Vecchio hatte jeden noch so kleinen Schnipsel aus Tageszeitungen und Fachzeitschriften archiviert und dazu handschriftliche Skizzen und Notizen angefertigt. Vecchios Schreibweise war verblüffend klar, strukturiert und gleichförmig.

»Sehr interessant – kann ich den Ordner mitnehmen und im Hotel studieren?«, fragte Danzig.

Vecchio wirkte alles andere als erbaut, willigte aber ein, da es »der Sache« zu dienen schien ... und somit Geld versprach.

»Wenn's sein muss – aber wehe, wenn ich das Ding nicht wieder bekomm'«, antwortete er. Was bei anderen vermutlich wie ein Spaß gewirkt hätte, bei Vecchio klang es nach bitterem Ernst. »Hat mich 30 Jahre meines Lebens gekostet. Und, wennse so wollen, andere das Leben selbst!«

4

Im Westen türmte sich bereits eine gewaltige Gewitterzelle auf, als Danzig die kleine Wohnung am Nachmittag schließlich (*und endlich*) verließ. Es würde gewaltig krachen, wenn sich diese Zelle entlud, was Danzigs heutige Joggingrunde durch die Friedrichsau eher fraglich machte. Er entschied sich daher, nicht über die Autobahn zurück nach Ulm zu fahren, obwohl dies wesentlich schneller gegangen wäre, sondern durch die Dörfer zu gondeln. Eine möglichst kurvige Strecke in Kombination mit dem herrlich straffen Fahrwerk des Barracuda hatte zumeist dieselbe entspannende und den Geist befreiende Wirkung auf Danzig wie ein Dauerlauf.

Danzig war angetan und zuversichtlich, als er während der Fahrt in seinem Kopf all das rekapitulierte, was er in den letzten Stunden gehört hatte. Die ganze Sache begann nun endlich, einen gewissen Sinn zu ergeben, so verrückt es klang. Zu Beginn hatte er diese Recherche sogar am Standard seines Auftraggebers gemessen als bizarr betrachtet. Nach einer erneuten Sondierung der Beweislage, änderte er seine Meinung allmählich. *Musste* sie ändern.

Als er den Barracuda gerade in der Tiefgarage des Hotels abstellte, hatte der Himmel über Ulm die Farbe eines üblen Hämatoms angenommen und Gewitterböen peitschten über die Stadt. Die bleierne Luft war drückend und ozongeschwängert; es schien, als bedurfte es nur eines Funkens, um das Unwetter endlich zur Explosion zu bringen.

Diese Explosion erfolgte wenige Minuten später.

Danzig trat aus der Dusche, wo er sich gründlich eingeseift hatte, um die dunkle Aura von Vecchios Wohnung loszuwerden, die er wie eine Rußschicht auf seiner Haut gefühlt hatte. Er schlüpfte in den Hotelbademantel – und wurde nur wenige Schritte danach Zeuge eines kleinen Weltunterganges auf der anderen Seite seiner Panoramafenster. Ulm hatte sich scheinbar aufgelöst, zuerst zermalmt von Hagelkörnern und hühnereigroßen Regentropfen und anschließend davon geweht von einem jaulenden Gewittersturm, der nun erbarmungslos an den Scheiben von Danzigs Suite rüttelte. Für ein paar Momente fühlte sich Danzig wie auf einem Schiff, das eine tosende See durchpflügte.

Beeindruckend, dachte er und ging im warmen Schein der Zimmerbeleuchtung an die Arbeit.

Er suchte die extralange Miles Davis-Playlist auf seinem MP3-Player und startete die Abfolge wie immer mit dem Album *Kind of Blue*. Er klappte sein MacBook auf und verband sich über das hoteleigene WLAN mit dem Internet. Schließlich stellte er den Champagnerkühler voller Eis neben das Bett, entnahm eine der zwei Flaschen Gold Ochsen Bier, die er sich vorhin vom Zimmerservice hatte bringen lassen, und öffnete sie. Nach dem ersten Schluck begann er mit einer genauen Prüfung des Ordners, welcher der Historie der V200 032 gewidmet war.

Vier Stunden später hatte sich das Gewitter gelegt; es regnete nur noch leicht und am Horizont glimmte ein versöhnlicher, rosaroter Streifen Abendhimmel. Danzig war jedoch noch so in seine Lektüre und dessen Analyse vertieft, dass das Unwetter Ulm tatsächlich in Schutt und Asche hätte legen können, und es wäre ihm nicht aufgefallen.

Für ihn hatten sich während der heutigen Recherche derartig viele Puzzlestücke in das Bild eingefügt, dass das Motiv nun fast komplett war. Der nächste Statusbericht für seinen Auftraggeber würde ganz sicher zuversichtlicher Natur sein, soviel stand fest. Fakt war: Wie die offiziellen und privaten Werksfotos zeigten, hatte Vecchio tatsächlich an der Lok mit der

Werksnummer KM 18 276 gearbeitet. Fakt war ebenso: Wie der Ordner minutiös und zweifelsfrei dokumentierte, war diese Maschine vom ersten Laufkilometer an in eine geradezu fassungslos machende Kette von Unfällen und Zwischenfällen verwickelt. Und nicht zu vergessen: auch Vecchios Geschichte mit den Registriernummern entsprach den Tatsachen.

Also war es so gut wie bewiesen: Die 18 276 *war* die dreizehnte Lok, der Ursprung der urbanen Legende, und sie war unleugbar ein Unglücksmagnet, eine *Great Eastern* auf Rädern (dies war genau dieselbe Formulierung, die auch Maike Tiersen einige Zeit später gebrauchen würde, um die Lok zu beschreiben, obschon sie ein anderes Unglücksschiff zitiert hatte, die *Mary Celeste*. Zeit bewegt sich oftmals in Schleifen.)

Jetzt ging es nur noch um die Kleinigkeit, diese Lok zu finden. Danzig hatte schon Dinge auf diesem Globus aufgespürt, die gerade mal so groß wie ein Verlobungsring gewesen waren. Wie schwer sollte es also sein, einen fast zwanzig Meter langen und 80 Tonnen schweren Koloss aus Stahl zu lokalisieren?

In den folgenden Wochen sollte er es erfahren.

5

Im Grunde genommen konnte es Danzig den Leuten nicht einmal verdenken, dass er bald auf die berühmte »Mauer des Schweigens« stieß. Eisenbahner und Eisenbahnfans *waren* eine sehr eigene Gruppe Mensch und Diffamierungen ihrer Leidenschaft ohnehin gewöhnt; das letzte, was diese vermeintlichen »Langeweiler« und »Eigenbrötler« wollten, war, auch noch mit einer bizarren Spukgeschichte in einen Topf geworfen zu werden. Und neue Beweislage hin oder her – *bizarr* war so ziemlich alles an dieser Affäre.

Vielleicht hatte er diese Tatsache in seiner Recherche zu sehr aus den Augen verloren, vielleicht war er auch im alltäglichen Umgang mit dem Absonderlichen abgestumpft. Auf jeden Fall beging er einen seiner seltenen Fehler. Zu spät stellte er fest, dass die Legende der *dreizehnten Lok* für Insider mehr als nur eine verrückte Randgeschichte war. Für Eisenbahner aus Liebe war es ein rotes Tuch, ein Tabu, ein Fettnäpfchen, in das Danzig fleißig an vielen Fronten trat, bevor er sich seines Fehlgriffs bewusst wurde. Diejenigen, die Interesse zeigten, konnten ihm nicht helfen, und diejenigen, die helfen könnten, wollten eindeutig nichts mit ihm zu tun haben. Manche sagten ihm dies sehr offen, etwa der Schriftsteller Sven Oopgenorth, der das Standartwerk über die Baureihe 200 geschrieben hatte. Oopgenorth meinte in einer knappen Antwort auf Danzigs E-Mail, dass alleine die *Anfrage* eine Beleidigung für jeden normal denkenden Menschen sei, für einen ernsthaften Eisenbahner sowieso. Als er diese Zeilen las, dämmerte Danzig zum ersten Mal, dass er einen gewaltigen *Fuck-up* fabriziert hatte und nun in Schwierigkeiten steckte.

Er hätte es besser wissen und die Menschen besser einschätzen müssen. Aber er hatte versagt und ihre Liebe und Versessenheit für die Materie, in die er quasi nur seinen großen Zeh getaucht hatte, eklatant unterschätzt, was ihn maßlos ärgerte. Denn die Hoffnung, seine Recherche abzukürzen, indem er eine Koryphäe um Hilfe bat, hatte sich nun in das genaue Gegenteil verwandelt: Die Gewissheit, dass in diesem Moment ein reger Kontakt unter den Insidern begonnen hatte, in dessen Mittelpunkt Danzig selbst und seine Anfrage standen. Ein Brainstorming, das ihm Türen vor der Nase zuschlagen würde, von deren Existenz er in diesem Moment noch nicht einmal wusste.

Verdammt!

Es war nicht, dass seine Anfrage so plump oder offensichtlich gestaltet gewesen wäre: »Tagchen, ich suche eine verfluchte Lok, wissen Sie, wo das Ding steht?« Aber einem Profi musste sofort klar werden, worum es sich drehte. Damit hatte Danzig gerechnet, es sogar einkalkuliert. Nun jedoch wurde es zum Bumerang. Dass er in einem Fall eine höfliche, wenn auch ablehnende Antwort des Verlags erhielt, an den er geschrieben hatte, weil der Experte selbst – ein renommierter Eisenbahn-

Autor namens Bernd Gellert aus Nürnberg – keinen E-Mail-Account besaß, war eine willkommene Abwechslung in der frostigen Mauer aus Schweigen, die sich materialisiert hatte. Sogar bei der Siemens-Krafft-Martin-AG in München selbst zeigte man ihm die sprichwörtliche kalte Schulter und verwies ihn lapidar an die Presseabteilung, wo man ihm allerdings auch nicht weiterhelfen konnte ... oder wollte.

Erst einige Zeit später tat sich endlich wieder eine Türe auf – oder eher: er fand jemand, der bereit war, eine Türe für ihn offen zu halten. Bei seinen Recherchen stieß Danzig darauf, dass die erste jemals gebaute V200 bei einer kleinen Privatbahn in Nürnberg – der FME, der Fränkischen Museumseisenbahn – stand und darauf wartete, restauriert und wieder fahrtüchtig gemacht zu werden. Angesichts der Tatsache, dass so gut wie jede andere Spur ausgetrocknet oder abgeschnitten worden war, erschien ihm diese Fährte plötzlich als ziemlich verlockend, obschon es von der *ersten* bis zu *dreizehnten* Lok ein weiter Sprung war. Aber vielleicht war es das ja auch nicht.

Und ernsthaft betrachtet: welche anderen Möglichkeiten hatte er im Moment noch?

Aber der Mann, mit dem er bei der FME Kontakt aufnahm, entpuppte sich als freundlich und offen – und das blieb er sogar, als sich das Gesprächsthema von Geplauder über die V200-Serie der Legende der 13ten Lok zuwandte. Es bedufte zwar einiger Hartnäckigkeit (um nicht zu sagen: Dreistigkeit) aber schließlich war Tilmann Braun bereit, sich »in der Szene umzuhören«, wie Danzig diesen Vorgang früher bei der Kripo genannt hatte. Und wenig später erwies sich, dass Braun ein wahrer Glückgriff war – er kannte den Nürnberger Eisenbahnautor Bernd Gellert persönlich und versprach, Gellert, wenn möglich, als Quelle zu benutzen. Danzig wagte noch nicht von einem Durchbruch zu träumen, aber die täglichen Statusmeldungen an seinen Auftraggeber wurden endlich wieder zuversichtlicher, nachdem er dem Milliardär wochenlang die Stimmung zunehmend verhagelt hatte.

»Ich willse nur um eins bitten, klar?«, fragte ihn Vecchio eines Nachmittags Ende August, als Danzig den alten Mann besuchte, um ihn auf dem Laufenden zu halten ... und vielleicht noch das eine oder andere Neue zu erfahren. Stets konnte er weitere Puzzlesteine finden, die sich später als Nützlich erweisen mochten.

»Und das wäre?«, erwiderte Danzig.

»Wennse die 18 276 ... wie würdense sagen? Lokalisiert haben? Na ja, jedenfalls wennse wissen, wo sie ist ... Kann ich mitkommen und sie sehen?« Vecchio seufzte. »Vielleicht könnense mir das nachfühlen ... es wär mir echt'n großer Wunsch, die Lok nach ... nach so langer Zeit wiederzusehn. Und ich bin ja nun auch schon nimmer taufrisch, Scheiße, wer weiß, wie lange ich's noch mach? *Einmal* will ich sie wieder sehen.«

»Trotz all dessen, was passiert ist?«

Der alte Mann ließ ein wehmütiges Lächeln sehen und tätschelte den Ordner, den Danzig während eines Unwetters vor knapp einem Monat durchforstet hatte. Für einen irritierenden Moment glaubte Danzig, Vecchios Antwort würde: »eben *weil* all das passiert ist!« lauten, aber dem war nicht so.

»Trotzdem«, sagte der alte Mann. »Sie ist etwas besonderes, oder nicht? Und – Scheiße, ja – in ihr steckt auch ein Teil von mir, ob ich das will oder nicht. So wie in meiner Tochter, dieser versauten Schlampe. Die würde ich auch nach 50 Jahren wieder sehn wollen, ob sie nun 'ne versaute Schlampe ist oder nich'.«

Bestechende Logik. Danzig ließ sich dies ein paar Momente lang durch den Kopf gehen.

Dann nickte er und sagte: »In Ordnung.«

Vermutlich würde er dies bereuen und den armen Barracuda einen Monat lang offen in der Waschstraße parken müssen, um den Mief des alten Mannes wieder aus dem Wagen zu bekommen. Aber er verstand auch, so seltsam es war, was Vecchio meinte. Blut *war* dicker als Wasser – und das galt auch für das Herzblut, das ein Eisenbahner der alten Schule in sein Werk investiert hatte.

Als Danzig unter strahlendem Hochsommersonnenschein zum Barracuda zurückging, hörte er plötzlich eine helle Stimme neben sich: »Hey, Sie da.«

Er blieb stehen und wandte sich um. Im Gebüsch neben dem Gehweg kauerte ein vielleicht zehnjähriger Junge mit riesengroßen schwarzen Augen und einem wuscheligen, dunkelbraunen Haarschopf. Sein blaues T-Shirt und seine roten Shorts waren so staubig, dass sie nun fast denselben Farbton hatten.

»Wie kann ich dir helfen?«, fragte Danzig.

»Sie war'n doch bei dem b'scheuerten alten Ficker da drüben im Haus, oder?«, wollte der Junge wissen und machte eine Kopfbewegung in Richtung des Hauses mit Vecchios Wohnung. *Der b'scheuerte alte Ficker, na reizend*, dachte Danzig. Er fühlte den Impuls, den Kleinen zu fragen, ob er überhaupt wusste, was ein »bescheuerter alter Ficker« war oder nur etwas nachplapperte, das er auf dem Schulhof oder zuhause gehört hatte. Stattdessen sagte er: »Wieso fragst du?«

»Wie isses da drin?«, flüsterte der Junge. »Sammelt der alte Ficker immer noch überfahrene Tiere? Ich hab's echt selber gesehen, voll krass, Mann. Wenn irgendwo ein Hund oder ne Katze überfahren wird, dann kommt der alte Ficker angerannt und sammelt die ganze Scheiße ein, die Gedärme und so. Ich hab echt gesehen, wie er die toten Tiere zerschneidet und die Scheiße dann in Marmeladengläser füllt.« Der Junge schaute sich um. »Und hey, manchmal waren die Tiere noch nicht tot ... voll krass, oder? Angeblich hat er auch schon mal ein Kind da drinnen zersägt.«

»Hast du das wirklich selbst gesehen oder nur gehört?«

»Ich hab's von meinem Bruder, und der kennt jemand, der hat es selbst gesehen. Glauben Sie meinem Bruder nicht?«

Danzig lächelte. »Ich kenne deinen Bruder ja nicht. Also hätte ich gerne ein paar Beweise.«

Der Junge blinzelte misstrauisch. »Sind Sie'n Bulle?«

»Ich war zehn Jahre bei den Bullen.«

Die großen Augen des Jungen wurden schlagartig noch größer. Er zischte etwas in seiner Landessprache – sicherlich *keine* Freundlichkeiten – und sprang aus dem Gebüsch, bevor er davonrannte, so schnell es seine Sandalen zuließen.

Danzig sah dem Bengel nach und konnte sich dabei ein Grinsen nicht verkneifen. Danach blieb er noch einen Moment mit verschränkten Armen unter der gleißenden Nachmittagssonne stehen. Der edle, aber robuste Zwirn seines Anzugs fühlte sich kühl auf seiner Haut an.

Danzig wusste, dass sich Gerüchte über Außenseiter und Sonderlinge auch in Zeiten des Internet schneller bildeten, als man sich umdrehen konnte, wahrscheinlich sogar schneller. Aber er erinnerte sich auch an das Geräusch, das er bei seinem ersten Besuch in Vecchios Haus gehört hatte, als er mit der Schulter gegen das Regal stieß: klirrende Gläser ... *Vielleicht Schaugläser, wie man sie in Präparatensammlungen verwendet, um Körperteile in Formalin zu konservieren?* In Verbindung mit der Art und Weise, wie Vecchio sämtliche Regale verhüllt hatte, ergab dies beinahe einen makaberen Verdacht. Oder zumindest eine berechtigte Frage: *Was, zum Teufel, sammelte der alte Mann?*

7

Eine Woche später, am Mittag des ersten Septembers, joggte Danzig gerade am Bärengehege der Ulmer Friedrichsau vorbei, als sein Handy surrte. Er drosselte sein Tempo übergangslos zu flottem Trab und dann normaler Schrittgeschwindigkeit, bevor er das Telefon aus der fest umgeschnallten Bauchtasche nahm.

Auf dem Display sah er, dass der Anrufer sein Kontakt bei der FME war - Tilmann Braun. »Ich grüße Sie, Herr Braun.«

»Ja, hallo, Herr Danzig«, antwortete der Eisenbahnfan und klang aufgeregt. »Ich glaube, ich habe Nachrichten, die Sie echt happy machen werden!« Er sprach das Wort »happy« auf typisch fränkische Weise aus, etwa »Häbbie!«

Eben noch angenehm entspannt vom Laufen, war Danzig jählings hellwach. »Ich bin ganz Ohr«, sagte er.

»Gerade hat mich Bernd Gellert angerufen«, sagte Braun. »Sie werden es nicht glauben ... ich meine, ich *wusste*, dass er das hinkriegt! Er sieht zwar ziemlich bieder aus, aber er hat einen echten Detektivverstand ... Jedenfalls hat er die Lok, nach der Sie suchen, mit ganz großer Wahrscheinlichkeit gefunden.«

»Wie groß ist diese Wahrscheinlichkeit?«

»Bernd war *sehr sicher* – und er ist nicht leichtfertig.«

Genau so hatte Danzig den Autor auch eingeschätzt. Seine Eisenbahnbücher waren brillant recherchiert und konzipiert.

»Kein Verhören möglich?«, fragte Danzig aus Gründlichkeit.

»Nee, ich hab auch zweimal nachgehakt, ob er es auch wirklich so meinte – und er sagte ja. Er ist in diesem Moment unterwegs. Er sagte etwas von einer alten Werkshalle bei Krafft-Martin, die an eine Privatbahn verkauft wurde. Und genau da soll die Lok heute noch stehen.«

»Verdammt, das ist wirklich eine Neuigkeit, die *uns alle* happy machen wird, wenn Gellert Recht behält«, sagte Danzig. »Danke, Herr Braun. Wenn wir hier durch die Ziellinie gehen, dann können Sie sicher sein, dass mein Auftraggeber auch in äußerst großzügiger Weise an Ihren Verein denken wird.«

Er trennte die Verbindung und rannte zurück zum Hotel am Donauufer. Nach einer kurzen Dusche verschaffte er sich per Google Earth einen ersten Überblick über das riesige Werksgelände von Krafft-Martin im Münchner Norden. Tatsächlich gab es einen Teil des Areals, der brachliegend und ungepflegt aussah. Dort gab es einige Industrieruinen und drei alte, aber weitgehend intakt wirkende Werkshallen, von denen zwei Gleisanschluss besessen hatten, wie aus der Luftperspektive leicht zu sehen war (*leichter jedenfalls als vom Boden aus, wie Bernd Gellert und Maike Tiersen kurz darauf feststellen mussten.*) Eine davon musste die Halle sein, von der Gellert seinem Freund bei der FME erzählt hatte.

Schon hatte Danzig sein Handy in der Hand und ließ es Vecchios Nummer wählen. Er hielt seine Versprechen.

»Wassnlos?«, brummte der alte Mann.

»Signore Vecchio, hätten Sie Lust auf einen kleinen Ausflug nach München?«, fragte Danzig, während er seine Schuhe zuband; angesichts des Terrains, das ihn dort erwartete, hatte er robustes Schuhwerk und passende Kleidung ausgesucht. »Ich denke, da wartet etwas auf Sie, das Sie sehen wollen.«

»Sie meinen meine 18 276?«

‚Meine 18 276' – oha, jetzt wurde es persönlich.

»So ist es«, sagte Danzig. »Ich bin in knapp 20 Minuten bei Ihnen. Nehmen Sie gute Schuhe mit, es wird über steiniges Gelände gehen.«

8

Zuerst sagte sich Danzig, dass es nur an dem Gewitter lag, das eben über Münchens Norden hinweggebraust war (lange nicht so kräftig wie das Unwetter, das er in Ulm erlebt hatte, aber ebenfalls nicht zu verachten.) Dann jedoch wurde ihm klar, dass es die Halle *selbst* war, die finsterer aussah als die Umgebung. Und damit meinte er nicht die dunklen, feuchten Backsteinwände oder die Tatsache, dass die wild wuchernden Bäume dem ganzen Areal viel Licht stahlen. Es war, als wäre die ganze Halle mit einem Bildbearbeitungsprogramm aus der Realität ausgeschnitten und ihre Helligkeit *gedimmt* worden, bevor man sie wieder einsetzte. Das war seltsam.

»Was issn los?« Vecchio hustete. Der Jogginganzug des alten Mannes miefte wie ein nasser Hund. »Warum stehn wir hier? Ist das nicht die Halle?«

»Etwas sagt mir, dass sie es ist«, meinte Danzig verdrießlich und ging voran.

Es war verblüffend einfach gewesen, hierher zu kommen; er hatte die Luftaufnahme von Google Earth benutzt und sich zugleich an der Spur orientiert, die Gellert seinerseits auf dem Weg zur Halle 16 unfreiwillig aber unübersehbar zurückgelassen hatte. Mehrmals war Gellert falsch abgebogen oder im Kreis gegangen, aber er hatte sich trotzdem erfolgreich durchgeschlagen.

Und nun stand auch Danzig vermutlich am Ziel der obskursten Recherche seiner an Obskurem nicht gerade armen Laufbahn. Er hatte Wasser im Kragen und war angespannt. Er wollte sich noch nicht freuen, so lange er noch keine absolute Verifizierung hatte, aber es war, wie er dem alten Mann gesagt hatte: *Etwas sagte ihm, dass er sich der richtigen Halle näherte.* Ob das allerdings eine gute oder eine ungute Einflüsterung war, konnte Danzig nicht bestimmen.

»Schaunse da – das Fenster!«, sagte Vecchio, dessen Grinsen mit jedem Schritt breiter wurde. »Ich tät sagen, das ist unser Eingang, was meinense?«

Danzig nickte. Das Hauptrolltor, durch das früher die Gleise in die Werkshalle geführt hatten, war fest verschlossen, ebenso wie der mit einem Vorhängeschloss gesicherte Personaleingang an der Gebäudeflanke. Jenes zerschlagene Fenster war tatsächlich ihre einzige Chance, die Halle zu betreten.

Danzig betrachtete den Fensterrahmen. Jemand hatte säuberlich die Scherben entfernt, um sich nicht zu schneiden. Also war die Scheibe definitiv mit dem Vorsatz eines Einbruchs zerschlagen worden. Das sah Bernd Gellert nicht ähnlich. Es war zu destruktiv für den Autor, den Danzig als grundehrlich, konservativ und zurückhaltend einschätzte. War also auch Gellert nicht alleine gekommen? Ziemlich wahrscheinlich.

Diesen Gedanken behielt Danzig jedoch aus irgendeinem Grund ebenso für sich wie die Anwesenheit des Schriftstellers.

Er half Vecchio durch das Fenster und schwang sich dann selbst mit zwei eleganten, effizienten Bewegungen ins Innere der Halle. Gleich würde es sich zeigen. *Gleich!* Wie immer genoss Danzig diesen erregenden finalen Moment der Jagd bis aufs äußerste.

Das Werksgebäude war größer und stiller, als es von außen anmutete. Inmitten der Halle stand wie ein vergessenes Artefakt einer vergangenen Kultur eine Lokomotive. Es war tatsächlich eine riesige, runde, wuchtige, dynamische V200. Die Baureihennummer stimmte: V220 032-7. Auch die auf dem Lokrahmen unter dem DB-Keks verewigte Fabriknummer war richtig: KM18 276.

»*Jaaaaa*«, flüsterte Vecchio mit erstickter Stimme und streckte die Hände aus. »Das ist sie. Das ist *meine*. Mein Gott, das is' *meine*! Sehn – Sie – doch!«

Dass Danzig eher der Arbeit Bernd Gellerts traute, die so gut wie sicher darlegte, dies war die richtige Lok, behielt er für sich. Er machte einen Rundgang um die beeindruckende Maschine und hielt dabei Ausschau nach dem Autor. Wo war Gellert? Hatten sie ihn verpasst? Danzig glaubte nicht, dass Gellert sich während des Gewitters aus dem Staub gemacht hatte. Hatte er sich also versteckt? Wenn ja, wieso? Offenbar hatte diese Affäre ihren Vorrat an Rätseln noch lange nicht aufgebraucht.

Als er wieder auf der anderen Seite der Lok ankam, sah er eine verstörend groteske Szene: Vecchio, der Stirn und Handflächen gegen die Flanke der Lokomotive gedrückt hatte und dabei mit geschlossenen Augen vor sich hinmurmelte, die Lippen zu einem seligen Grinsen verzogen.

Danzig verstand nicht, was der alte Mann sagte, aber das war auch nicht nötig. Vecchio wirkte wie jemand, der nach endlos langer Zeit seine große Liebe wieder gefunden hatte und ihr nun während einer innigen Umarmung die seelenvollsten Zärtlichkeiten zuwisperte. Angesichts der blutigen Geschichte dieser Maschine, die Vecchio hier herzte, war dies höchst befremdlich. Auf einmal fragte sich Danzig, was Vecchios speckiger Rucksack wirklich enthielt: belegte Brote und eine Thermoskanne Kaffee, wie der alte Mann gesagt hatte, oder eher einen Blumenstrauß für die Angebetete? Vielleicht auch eine Schachtel Pralinen? Danzig spürte einen pulsierenden Knoten in seinem Magen anschwellen. Das war nie ein gutes Zeichen. Was, wenn jene Fehleinschätzung während der Recherche nach dem Aufenthaltsort der 18 276 nicht der einzige schwere Irrtum gewesen war, den er in dieser Sache begangen hatte?

Fünftes Kapitel

DIE DUNKLE HALLE (III)

1

»Krafft-Martin!«, sagte Gellert unvermittelt und konnte sich nur mit Mühe davon abhalten, vor Triumph und Erleichterung in die Hände zu klatschen. »Himmeldonnerwetter, *das* ist es!«

»Ja, das ist der Laden, für den ich arbeite«, sagte Maike und musterte Gellert besorgt, als habe er plötzlich einen Teil seines Verstandes eingebüßt.

»Ach, das meine ich nicht!«, sagte Gellert barsch. »Der alte Mann da unten – erinnern Sie sich, als wir uns das erste Mal gesehen haben, in dem Café in München? Sie haben mir ein altes Werkfoto von Krafft-Martin gezeigt, das Bild von der Mannschaft, die an der 032 gearbeitet hat. Da war dieser Kerl, der gegrinst hat, im Gegensatz zu allen anderen, wissen Sie noch? *Das* ist der alte Mann da unten.«

Maike kniff die Augen ein wenig zusammen und spähte wieder nach unten. »Sind Sie sicher?«

»Ja doch!« Gellert nickte. »Völlig. Ich *kenne* sein Gesicht. Dafür habe ich einen Blick.«

Das stimmte. »Schön und gut, aber was will er hier? Und wieso begleitet ihn die verdammte Bullerei?«

»Sagen Sie mal, was *haben* Sie eigentlich gegen die Polizei?«

»Nichts, was zuverlässig und legal wirkt«, erwiderte die junge Frau giftig und überlegte einen Moment. »Vielleicht ist einer der beiden ja der ‚andere Kerl', der ihren Freund bei der FME kontaktiert hat. Und nun sind die beiden uns hierher gefolgt. Aber wieso? Was wollen die hier? Mann, das ist fast noch unheimlicher als diese Lok selbst, oder?«

Gellert nickte unbehaglich. »Ich stimme Ihnen zu.«

»Was geht da unten vor? Was *tut* er da?«, fragte Maike, als sich der alte Mann mit der Stirn gegen die Lok lehnte. »Sagen Sie mir bitte, dass ich falsch liege - aber Berndie, das sieht aus, als ob er diese Lok anbetet, oder?«

Mit stoischer Gefasstheit, aber vor Sorge und Ungewissheit glasigen Augen musterte auch Gellert diese Szene. Der alte Mann hatte nun begonnen, die Flanken der Maschine mit den Händen geradezu zu liebkosen.

»Ich würde sagen, Sie haben verdammt Recht«, sagte er.

Auf einmal verspürte Gellert große Furcht. Angenommen, diese Lok war tatsächlich ein »Unglücksmagnet« – könnte sie nicht auch ungute *Menschen* anziehen? Wie richtig er mit seiner Befürchtung lag, erlebte er nur ein paar Augenblicke später.

2

»Was passiert nu'?«, fragte Vecchio, ohne seinen innigen Kontakt mit der Lok völlig zu lösen. Er wandte nur seinen Schädel so weit zur Seite, dass er Danzig ansehen konnte.

»Ich erstatte meinem Auftraggeber Bericht, dass wir die Lok tatsächlich gefunden haben«, sagte Danzig. »Dann bekommen Sie Ihr Geld und sind, sagen wir mal ‚finanziell aus dem Gröbsten raus'. Mein Auftraggeber ist extrem großzügig, wenn er bekommen hat, was er will. Da können Sie sicher sein.«

»Das meine ich nich'«, sagte Vecchio. »Was wird mit ihr?«

»Sie wird nach Amerika transportiert werden.«

»Nee, is' nicht!«, meinte Vecchio und trat abrupt einen Schritt zurück, von der Lok weg.

»Wie bitte?«, fragte Danzig.

»Is' nich', Freundchen, mein Mädchen wird *nich'* nach Amerika transportiert werden«, sagte der alte Mann und äffte Danzigs Tonfall im letzten Teil des Satzes nach. »Mein Mädchen bleibt hier bei mir, klar? Scheiß auf die verfickte Kohle.«

»Sind Sie noch bei Trost, Signore Vecchio?«, fragte Danzig und verschränkte die Arme. »Von was reden Sie? Sie haben einen Beratervertrag unterschrieben und S-«

»Scheiß auf den Vertrag«, sagte der alte Mann.

Danzig zögerte einen Moment zu lange, obwohl er die Gefahr bereits erahnte. Aber er rechnete nicht damit, dass sie aus *dieser* Richtung kam und sich so zeigen würde: er sah in die Mündung einer kleinkalibrigen Pistole, die Vecchio plötzlich aus der rechten Tasche seiner Sportjacke zog. Danzig versuchte noch, sich zur Seite zu werfen, aber dann flammte schon das Mündungsfeuer auf, und es war, als würde man ihm mit einem glühenden Schürhaken das Gesicht aufreißen. Sein eigenes Blut spritzte ihm in die Augen und nahm ihm die Sicht, als er nach einer ungelenken Pirouette auf dem staubigen, öligen Boden des Schattenbahnhofs landete. Schmerz umtoste ihn rundum wie eine schwere Sturmflut eine Hallig in der Nordsee. Aber er blieb bei Bewusstsein, wenn auch nur mühsam.

Über das Brausen der Pein und das Klingeln in seinen Ohren hinweg hörte er, wie ihm der alte Mann nachsetzte. Vecchio bewegte sich verblüffend schnell, und obwohl Danzig instinktiv wieder auf die Füße zu kommen versuchte, hatte ihn Vecchio keinen Atemzug später erreicht und trat ihm erbarmungslos in die Seite, so dass Danzig hart wieder zu Boden ging. Bei jedem Atemzug spürte er einen stechenden Schmerz im Brustkorb. Er schmeckte Blut in der Kehle. Hustete. Noch mehr Schmerzen. *Gebrochene Rippe*, dachte er. Gott*verdammt!*

»Scheiß auf den Vertrag«, wiederholte der Alte und bleckte den Mund zu einem höhnischen Grinsen. »Und scheiß auf *Sie*, Herr Großkotz. Aber Sie ham Glück. Ich werdse jetz' nicht endgültig wegballern, obwohl ich's könnte.«

Er ließ die Waffe hin- und herpendeln und zog dann etwas aus seinem Rucksack: einen Kabelbinder, den er Danzig über die Handgelenke stülpte und festzurrte.

»Noch hamse Ihren Zweck nicht erfüllt«, sagte Vecchio und begann, Danzig mit sich zu zerren, zurück in Richtung der riesigen Lokomotive.

Gellert war vor langer Zeit zuletzt im Kino gewesen. Damals hatte er einen Freund – tatsächlich besaß er Freunde außerhalb der Eisenbahnerkreise, auch wenn man das nicht glauben mochte – in einen Breitwand-Hochglanz-Krimi aus Hollywood begleitet. Die Handlung des Streifens hatte Gellert schon nach wenigen Minuten als so unsäglich vorhersehbar und eintönig empfunden, dass er sich mit einem Umlaufplan der Baureihe 218 an den nächstbesten Bahnhof wünschte. In fast jeder Szene hatte er mit Bestimmtheit sagen können, was als nächstes geschehen würde. Genau dasselbe Gefühl beschlich ihn nun wieder, obschon er keinen Thriller im Kino, sondern das *wahre Leben* verfolgte ... unglaublich und phantastisch, aber dennoch echt. Er wusste, was passieren würde, noch bevor es passiert war. Und wie im Kino konnte er nicht warnen, sondern nur als stummer Beobachter mit ansehen, wie der alte Mann auf einmal eine Pistole in der Hand hatte und auf den anderen Kerl, den Maike als »Bulle« identifiziert hatte, schoss. Ohne Vorwarnung, zweimal aus kürzester Entfernung: *Peng! - Peng!*

Maike stieß an seiner Seite ein geschocktes Ächzen aus, als der vermeintliche Polizist in einer Wolke aus seinem eigenen Blut umkippte und noch einmal versuchte, sich aufzurappeln, bevor ihn der alte Mann erreichte und wieder zu Boden trat.

»O Gott!« Maike ächzte auf. »Scheiße – o Gott, Bernd!«

Erbarmungslos fesselte der schäbige Alte die Handgelenke des Verwundeten und schleifte ihn mit sich zur Lokomotive, einem stummen, stählernen Zeugen inmitten dieses finsteren Schattenbahnhofs. Blutend und schwer getroffen, aber noch bei Bewusstsein, torkelte der Mann hinter dem Schützen her.

»Angeschossen!«, flüsterte Maike. Zum ersten Mal war fast alles Selbstbewusstsein und alle Quirligkeit von ihr abgeblättert und einem jähen Schock gewichen, der sie sogar noch leichenblasser und anämischer wirken ließ als sie ohnehin aussah. Sie zitterte. »Dieser Kerl hat ihn einfach ... *er hat auf ihn geballert, verdammte Scheiße!*«

»Pschhhhhhhhhhhht!« Gellert drückte ihre Hand.

»Ich bin *okay*, verdammt. Bernd, was sollen wir jetzt tun? Was *können* wir tun?«

Das war eine gute Frage. Sie waren zwei Schmalspurdetektive, ein introvertierter Autor und eine quirlige Gothic-Jüngerin, schwerlich die geeigneten Leute, um mit einem bewaffneten Psychopathen fertig zu werden. Und dennoch war Gellert ebenso klar, dass sie nicht hier oben in dem Kabuff hocken konnten, während da unten ein Mord im Gange war.

»Irgendwas«, sagte er. »Alles ist besser als zuschauen. Wir *dürfen* nicht hier einfach rumsitzen! Wir müssen dem ... dem Verletzten helfen, oder nicht? Und uns auch. Wir müssen etwas unternehmen, bevor uns der alte Kerl mit seiner Kanone entdeckt. Wir sitzen hier oben in der Falle.«

»Sie haben Recht.« Maike nickte und sah sich unbehaglich um. Das kastenförmige Büro *war* eine Falle. Es hatte nur einen Ausgang, die schlitzförmigen, hoch in die Wand eingelassenen Fenster boten keine Fluchtmöglichkeit, und das Handy war in dem Funkloch ebenfalls nutzlos.

»Wir müssen improvisieren«, meinte Gellert, während der alte Mann die Türe von Führerstand 2 aufmachte und mit seinem Opfer in der Lok verschwand. »Kommen Sie, Maike. Ich glaube, jetzt haben wir eine Chance. Wie gut sind Sie darin, Menschen zu provozieren?«

Sie taxierte ihn mit gewölbten Augenbrauen. *Als ob du das nicht selbst wüsstest*, sagte dieser Blick.

»Berndie«, meinte sie. »Das ist meine Spezialität.«

4

»Mann, was *lieb* ich diesen Geruch«, schwärmte Vecchio, warf den Kopf in den Nacken und sog jede Nuance des typischen Geruchs einer großen Maschine in die Nase: Dieselkraftstoff, Metall, Öl. Er glitt mit der schwieligen Hand über das Führerpult, den Fahrstufenregler, den Bremshebel, folgte dann der geschwungenen Linie der zweigeteilten Frontscheibe und vollendete sein Streicheln schließlich an der Rückseite des Führerstandes, wo die schallisolierte Doppeltüre zwischen Führerstand vom Maschinenraum lag. Schwelgerisch grinsend drückte er die Türklinke herab.

»Mein Mädchen«, sagte er immer wieder. »Mein Mädchen, hab ich dich endlich wieder.«

Für Danzig wurde es immer schwieriger, bei Bewusstsein zu bleiben. Die hochgelegene Führerkabine der Lok zu erklimmen hatte ihn an die Grenzen seiner Belastbarkeit gebracht. Aber er klammerte sich mit aller Macht an die Realität, obwohl Schmerz, Schock und Blutverlust ihn immer tiefer in den Strudel der Ohnmacht rissen. Er wusste nur zu gut, wenn er der Entkräftung nun nachgab, würde er nie wieder aufwachen. Es musste noch eine Chance für ihn geben, mit dem alten Mann fertig zu werden.

»Na los, du Sack! Da geht's rein!«

Jäh stieß Vecchio Danzig voran. Groggy und ohne Möglichkeit, den Sturz abzufangen, verlor der Verkaufsagent auf den Stufen, die vom Führerstand zum Maschinenraum und Eingang herabführten, die Balance. Er krachte mit der rechten Schulter gegen das Blech der Wand im Maschinenraum und purzelte in eine grellweiße Explosion aus Pein gehüllt neben Dieselmotor zwei zu Boden.

Wach bleiben! zwang er sich immer wieder. *Du musst HIER bleiben, verdammt noch mal!* Doch diesmal war der Schmerz einfach zu überwältigend. Der Schlund war unmittelbar davor, ihn zu verschlingen. Dann spürte er jäh die Handfläche des alten Mannes auf die unbeschädigte Seite seines Gesichts klatschen und schaffte den Rückschritt in das tosende, erbarmungslose Wachsein, das im Moment seine Realität darstellte. Offenbar wollte auch der alte Mann, dass Danzig bei Bewusstsein blieb, aber fraglos aus ganz anderen Motiven.

»Nix da!«, schnappte Vecchio. »Schlafen kannste später noch genug. Mein Mädchen braucht uns. *Seeehr!* Ich wette, da fragste dich jetzt, woher ich das weiß, oder?«

Heiser lachend schleifte er Danzig bis in die Mitte des Maschinenraums, wo er sein Opfer schließlich neben dem ölbefeuerten Heizkessel liegen ließ.

»Was denkst du denn, du Klugscheißer? *Ich weiß das, weil ich ihr Vater bin.* Ich habe sie erschaffen. Ich habe sie zu dem gemacht, was sie ist ... und was sie immer bleiben wird: *Mein Mädchen!*«, sagte Vecchio und ließ seine Fingerspitzen wieder über die Maschinen gleiten. In einer obszönen, mehr als nur latent sexuellen Geste schob Vecchio seinen rechten Mittelfinger in eine Spalte zwischen Speisewasserschlauch und Ölkessel und rieb ihn dort hin und her.

»Erst wollte ich nur diesem Dreckskerl Lothar Pinske eins auswischen«, sagte er. »Ich wollte dafür sorgen, dass sich seine Finger beim Einsetzen eines Außenblechs ins Mus verwandeln. Hat geklappt, auch wenn ich nur zwei seiner Wichsgriffel erwischt hab – aber ich glaube, mein Mädchen ist in diesem Moment zur Welt gekommen, als das ganze Blut auf sie gespritzt ist. Scheiße, das hat sie gemocht. Genau wie ich.«

»Was ... was hat er Ihnen getan?«, wollte Danzig wissen. Jedes Wort musste er aus den Tiefen seines Geistes schürfen wie einen Edelstein in einem Bergwerk. Aber er nahm diese Tortur auf sich, denn jedes Wort verlängerte sein Leben.

»Was er *getan* hat?«, sagte Vecchio unwirsch, als wäre es die dümmste Frage, die er je gehört hatte. »Pah!«, machte er und deutete ein Ausspucken an, tat es jedoch nicht. *Nie* würde er sein Mädchen anspucken. »Immer hat er bis spät in die Nacht Radio gehört, dieser Wichser. Ich hab damals mit drei anderen Kollegen aus der Fertigung ein Zimmer gehabt, einer davon war mein Kumpel Guido. Aber Pinske und sein Scheiß Radio habe ich gehasst.«

Danzig hatte schon so etwas erwartet. Wenn es nicht das Radio gewesen wäre, dann hätte Vecchio etwas anderes zu der Tat getrieben. Pinskes Stimme. Die Art, wie er Luft holte. Dass er drei Stück Zucker in den Kaffee tat und ihn nicht schwarz trank. Völlig egal.

»Dann habe ich diesem Vorarbeiter eine Lektion erteilt, der mich auf'm Kieker hatte«, meinte Vecchio genießerisch. »Alles ging wie von selbst. Nie hat irgendwer verdacht geschöpft. Mein Mädchen ... sie hat mich beschützt und die Schuld auf sich genommen. Und sie hat gelernt, weißte, was ich meine? Irgendwann hat sie auch ohne mich diese Dinge getan, das kannste glauben. Wenn sie Hunger hatte, Scheiße, dann hat sie zugebissen. Ich fand das prima. Hat Spaß gemacht, zuzuschauen, echt wahr. Später dann hab ich's diesem Schwanz namens Salvatore Georgano gezeigt – ich hab ihn mit der Hilfe von meinem Mädchen in Stücke gefetzt.«

Vecchio verzog seinen ledernen Mund zu einem hämischen Grinsen, gefolgt von einem lakonischen *Tja-was-soll's*-Achselzucken. »Der Knall hat auch meinen Kumpel Guido erwischt ... Schade drum, aber was hat er sich auch mit diesem Hurenbock abgegeben?«

Danzig folgte der nicht allzu schwer zu interpretierenden Indizienkette, die der alte Mann gelegt hatte: »Hat Georgano eine Biene angegraben, auf die Sie scharf waren? Haben Sie darum sein Schweißgerät sabotiert?«

»Und ob er das hat.« Wieder diese verächtliche Ausspuck-Geste. »Da kannste einen drauf lassen, Herr Schlaumeier! Konnte seinen Schwanz nicht in der Hose behalten. Er hat bekommen, was er verdient hat.

Aber weißte, was das Beste ist? Als man mein Mädchen in Dienst gestellt hat, da hatse einfach weiter gemacht, so wie wir damals in der Werkshalle angefangen ham«, fuhr Vecchio fort. »Wennse Kohldampf oder Lust hatte, dann hat sie gebissen. So wie sie's von mir gelernt hat. Sie ist die beste, mein Mädchen, glaubste das, du Schlaumeier? Und ich hab sie so was von *vermisst*, als sie so lange verschwunden war. Aber dann hab ich diese Anzeige da im Eisenbahnmagazin gelesen, dass irgendwer Informationen über sie sucht. Scheiße, ich wusste, dass das endlich meine Gelegenheit sein könnt', sie wieder zu sehn. Und *holla!* Ich hatte Recht.«

Vecchio sah sich mit einem Ausdruck tiefer Genugtuung und Zuneigung um.

Hatte Vecchio wirklich ‚holla!' gesagt? Im diesem Moment schmerzte Danzig die Tatsache, von einem psychopathischen *und* spießigen Rentner dermaßen benutzt und überrumpelt worden zu sein, fast mehr als die Fleischwunde im Gesicht und die gebrochenen Rippen. *Das wird kein Ruhmesblatt in deinem Lebenslauf werden, soviel steht fest*, dachte er und wertete die unverminderte Präsenz seines Humors als gutes Zeichen.

5

Mit einem Ruck kam Vecchio wieder ins Leben zurück, und sein Gesichtsausdruck wechselte auf beunruhigende Weise von Wohlgefallen zu Verschlagenheit.

»Die Sache ist nur - vielleicht kannste dir ja vorstellen, wie ausgehungert sie ist, nachdem sie so viele Jahre hier gestanden hat«, sagte er. »Und sie mag kein totes Fleisch. Sie mag ihr Blut frisch. Und heiß!«

Vecchio öffnete seinen Rucksack und nahm eine Stoffbahn heraus, in die ein Fleischerbeil, ein Bajonett und eine Knochenzange eingerollt waren. Die makellose, blitzend silberne Schärfe der Klingen schrie geradezu danach, Fleisch, Sehnen, Muskeln und Blutgefäße mühefrei zu durchtrennen.

Danzig sah diese Utensilien ohne große Überraschung. In der Logik des Verrückten, dem er hier ausgeliefert war, waren die Werkzeuge nur der konsequente und völlig natürliche nächste Schritt. Je mehr Vecchio vom Hunger seines Mädchens erzählt hatte, desto mehr hatte sich Danzig schon dafür gewappnet, dass es auf so etwas hinauslaufen würde. Daher konnte er seine Angst nun unter Kontrolle halten und trotz des dämonischen

Schmerzes in Gesicht und Rumpf seine Situation kühl und distanziert analysieren.

Fest stand: Er musste rasch agieren, sobald sein Peiniger auch nur einen Moment lang abgelenkt war. Er musste seine Beine benutzen, um anzugreifen; sie waren unverletzt und ungefesselt. Vielleicht konnte er es danach irgendwie schaffen, an sein Handy in der Innentasche seines Mantels zu kommen, um Hilfe zu alarmieren ... vielleicht aber auch nicht, also durfte er sich nicht darauf verlassen. Stattdessen sollte er sich lieber seine wenigen Kräfte verdammt gut einteilen, wenn er es in seinem Zustand bis in besiedeltes Gebiet schaffen wollte, wo er Hilfe finden konnte. Viele Variable. Viele *er musste* und *er würde*.

Aber tief in sich hegte er noch eine andere, wenn auch vage Hoffnung. Zwar hatte er sich bislang selten auf das Eingreifen (besonders das nur *mögliche* Eingreifen) anderer verlassen und auch verlassen *dürfen*. Er hielt es mit Konrad Adenauer und nahm die Dinge stets selbst in die Hand, soweit möglich. Diesmal jedoch war es genau diese andere Hoffnung, die sich erfüllte, bevor er dazu kam, seinen eigenen Fluchtplan in die Tat umzusetzen.

»Hallo! Jemand zuhause?«, rief plötzlich eine helle Stimme, dann klopfte es von außen gegen die Lok. »Irgendwer da drinnen? Ich bin von den Zeugen Jehovas und möchte mit Ihnen über diesen Gott oder so was Ähnliches sprechen.«

Vecchio erstarrte. Seine ledernen Lippen formten lautlose Flüche, und in seiner Miene wechselten sich Unglaube, Wut und Ratlosigkeit wie Wolkenschichten im Sturm. Wenn er überhaupt einen Plan gehabt hatte, *damit* hatte er sicher in 1000 Jahren nicht gerechnet.

»Hallo, du senile Hackfresse im Jogginganzug da drinnen«, rief die Stimme wieder. Es war ein Mädchen oder eine junge Frau, vermutlich Gellerts Begleiterin. *Hoffentlich wusste sie, auf was sie sich da einließ*, dachte Danzig. »Du hast eine Trilliarde Haufen Hundkacke im Lotto gewonnen und musst sie persönlich quittieren. Du *kannst* doch schreiben, oder?«

So hämisch und aufreizend wie eine Katze, die einen Hund hinter dem Gartenzaun ärgert, glitt eine Hand mit hochgerecktem Mittelfinger an den Maschinenraumfenstern auf der rechten Seite entlang. Das war zuviel. Vecchio schrie vor Zorn auf, seine Augen blitzend, seine Gesichtshaut rotfleckig wie von einem starken Ausschlag. Grimmig riss er das Bajonett aus seiner Stoffhülle und hastete zur Maschinenraumtür hinüber. Ohne einen Blick zurück schlug der alte Mann den Durchgang vom Führerstand aus wieder zu. Dann hörte Danzig, wie Vecchio über die Tritthilfen nach unten kletterte und sich kopfüber von der Lok entfernte.

6

Selbst mit seinen Sandalen war der alte Mann schneller, als Maike es ihm zugetraut hätte, das musste man ihm lassen. Dennoch hielt ihn die junge Frau mühelos auf Abstand; hin und wieder musste sie sogar ein wenig Tempo herausnehmen, um ihn nicht so weit abzuhängen, dass er sie aus den Augen verlor und möglicherweise zur Lok zurückkehrte, bevor Gellert und der Verletzte da heraus waren. Das war das trickreiche und gefährliche an diesem Spiel, auf das sie sich da eingelassen hatte.

Behände schwang sie sich durch das Fenster, das sie wenige Stunden zuvor höchstpersönlich eingeschlagen hatte, und verharrte auf der anderen Seite der Grundmauer. Sie warf einen Blick über die Schulter. Was sie da sah – der räudige, alte Mann, der ihr schnaufend und prustend nachsetzte, abgehackte Flüche geifernd – mutete auf den ersten Blick eher erbärmlich als brandgefährlich an. Aber das stahlglänzende Messer in seiner Hand war alles andere als erbärmlich oder lustig. Außerdem hatte er noch diese verdammte Pistole. Maike war ziemlich sicher – *ziemlich* – dass er die Waffe wie bei dem Schuss auf Mister Maßanzug nur auf kurze Distanz einsetzen würde, wenn er sicher war, dass er nicht verfehlen konnte. Aber sie hatte auch keine Lust, die Richtigkeit ihrer Vermutung am eigenen Leibe zu erfahren.

Also setzte sie sich wieder in Bewegung. Haken schlagend wie ein Kaninchen entfernte sie sich von der Halle, bis sie endlich die erste Baumreihe erreicht hatte und im dichten Laub Deckung fand. Hier wagte sie einen weiteren Blick zurück ... und begann sich sofort zu wünschen, sie hätte es nicht getan.

Der alte Mann hatte sich ebenfalls durch das Fenster gezwängt und stapfte nun über den Vorplatz als der personifizierte Zorn, zu allem fähig. Sein Gesicht war buchstäblich schwarz vor Wut, selbst als er aus den Schatten trat. Zuerst hielt Maike dies für eine optische Täuschung, aber dann sah sie, dass sie nicht halluzinierte. Es war, als habe er ein materialisiertes Stück Schatten mit sich genommen, als hätte die Finsternis der Halle auf ihn abgefärbt. In diesem Moment *war* er der schwarze Mann.

7

Wenige Atemzüge, nachdem kein Zweifel mehr daran bestehen konnte, dass Vecchio die Lok verlassen hatte, öffnete sich die Tür zum zweiten Führerstand. Zaghafte Schritte kamen heran.

Danzig war keineswegs überrascht.

»Hallo, Herr Gellert«, sagte er matt, ohne denjenigen anzusehen, der sich ihm näherte. Aber das war nicht nötig. »Ich hatte gehofft, dass Sie kommen würden.«

»Äh, hallo, wer Sie auch sind«, antwortete der Autor. »Ich glaube, wir sollten hier verschwinden, bevor der alte Kerl wiederkommt.«

»Kein Widerspruch«, sagte Danzig. »Ihre Bekannte ...«

»Ich denke, Maike weiß was sie tut«, sagte Gellert, obschon Sorge und Zweifel in seiner Stimme unüberhörbar waren. Er schob seine Hände unter Danzigs Schultern. Ein wenig ungelenk versuchte er, dem Verletzten auf die Beine zu helfen. »Können Sie gehen?«

»Ich muss.«

Danzig lehnte sich an den Autor und wagte vorsichtig einen ersten Schritt. Die Folge war explosionsartiges Schwindelgefühl, beinahe ein Blackout, dennoch blieb er irgendwie aufrecht und in Bewegung. Mit sinnvollen Gedanken hielt er sein Bewusstsein über Wasser: »Gellert, in meiner linken Jackentasche ist mein Handy, können Sie ...«

»Zwecklos.« Der Autor schüttelte den Kopf. »Kein Empfang hier, das haben Maike und ich auch schon versucht.«

»Verdammt noch mal«, sagte Danzig.

Die Tür zum Fahrerraum 2 war wieder zugefallen, als Danzig und Gellert die Öffnung nach einer gefühlten Ewigkeit erreichten. Sofort langte der Autor nach der Türklinke und zog daran. Allerdings erfolglos. Nichts tat sich. Also verstärkte Gellert seinen Griff und begann heftiger, an der Klinke zu rütteln. Doch die Stahltür blieb unverrückbar.

8

Maike hätte vor Angst erstarren und einfach die Kontrolle über sich und die Situation verlieren können. Tat sie aber nicht. Denn sie reagierte auf die Weise, mit der sie Angst, Trauma und Schrecken seit ihrer frühsten Jugend erfolgreich bekämpfte: Anstatt aufzugeben, schaltete sie ihren provozierenden Zynismus auf Vollkraft und hielt ihn vor sich wie einen Schutzschild.

»Weiß Jesus eigentlich, dass du ihm die Sandalen geklaut hast, Opa?«, rief sie. »Oder testest du immer noch die Birkenstock-Kollektion von 1959 auf extreme Fußschweißresistenz?«

Der alte Mann blieb abrupt stehen, schaute sich um. Dann trat er plötzlich einen Schritt zurück. Mit mahlendem Unterkiefer ließ er seinen Blick zwischen der Halle mit der Lok und dem Unterholz, wo sich Maike versteckte, hin und herwandern. Er brannte vor Rage, aber auf einmal war da ein Zögern in seinen Reaktionen. Kein gutes Zeichen. War die Erkenntnis zu ihm durchgedrungen, dass es sich hierbei nur um ein Ablenkungsmanöver handeln konnte? Nicht unmöglich. Maike musste handeln, um den alten Spinner von der Halle wegzulotsen und Berndie und dem Verletzten mehr Zeit zu geben.

»Ich hoffe, deine Blase und deine Seniorenwindel versagen nicht bei all dieser Anstrengung«, rief sie.

Ruckartig hob der garstige Alte das Messer und ließ es in einer Zickzacklinie vor seinem Oberkörper hin- und hersausen. »Du ... miese ... *Fotze!*«, brüllte er, wobei der Speichel nur so von seinen Lippen spritze. »Was willste von mir? Ich schneid dir die Scheiß *Titten* ab!«

Dann schien er wieder zu überlegen. Maike glitt so lautlos wie nur möglich ein paar Schritte seitwärts, wechselte ihren Schlupf- und Blickwinkel. *Super, oder?* dachte sie. *Du wolltest doch immer schon einmal wissen, wie sich wohl die Hauptfigur einer Horrorstory wirklich fühlt. Dies dürfte relativ genau hinkommen, und wenn Clive Barker, Stephen King oder Dean Koontz jetzt hier wären, würden sie dir dabei zustimmen. Vermutlich vor Angst wegrennen, aber dir zustimmen.*

»Haha, als ob du noch wüsstest, wie Titten überhaupt aussehen«, fuhr sie fort. Die Worte flogen ihr nur so zu, denn im boshaften Aufstacheln *war* sie seit jeher Weltklasse, damit hatte sie nicht übertrieben. Ihre quirlige Fröhlichkeit täuschte. Wie ihre plastische Offenheit und Selbstsicherheit war dies ein wesentlicher Teil der Panzerung, den sie um den verletzlichsten Teil ihrer Seele gebaut hatte (und angesichts einer unruhigen Kindheit auch hatte bauen müssen.) Fühlte sie sich bedrängt, eingeengt, herausgefordert oder verärgert, hatte sie Freunde, Eltern, Lehrer, Obrigkeiten aller Art und Widersacher jeglicher Couleur daher zweifellos dreimal so oft und doppelt so nachhaltig aufgestachelt wie der schlimmste Provokateur nach ihr und dabei mehr Bögen überspannt als Robin Hood und seine Bande. Zumeist war sie davongekommen, hin und wieder hatte sie den Preis für ihre Provokationen bezahlt – und dann keinen geringen. Dass diesmal ihr Leben auf dem Spiel stand und nicht nur ein Rüffel, eine Strafe oder ein Verweis war dennoch eine neue und mächtige Erfahrung für sie. Wenn sie gewusst hätte, auf was sie sich hier einließ – hätte sie dann immer noch »Ja!« zu dieser Suche gesagt?

Erstaunlicherweise lautete die Antwort ebenfalls: *Ja!* Um nichts in der Welt hätte sie dies verpassen wollen. Allerdings hätte sie sich in dieser Sekunde einen Blick in die Zukunft gewünscht, einen Plan, eine Idee – irgendwas.

Vor allem, als der alte Mann urplötzlich das Messer senkte und dann zurück zur Halle stapfte, wobei der schlaffe Bund seiner Jogginghose für einen viel zu langen Augenblick einen Blick auf seinen faltigen Hintern freigab.

9

»Was, zum Teufel?«, stieß Gellert hervor und drängte noch bemühter gegen die Tür, ohne sie jedoch auch nur einen Millimeter bewegen zu können. Schlagartig stand ihm Schweiß auf der Stirn, und er rief: »*Geh auf, du dummes Ding!* Jetzt *geh* schon auf, verdammt! Das gibt's doch gar nicht. Sie hat sich verkantet. Sehen Sie sich das an.« Gellert zog, rempelte und zerrte erneut aus Leibeskräften, war aber chancenlos.

Auf seltsame, morbide Weise war Danzig nicht einmal überrascht, dass dies ausgerechnet *hier* und *jetzt* passierte. Eher aus Gründlichkeit, als weil er vom Sinn der Aktion überzeugt war, befahl er: »Versuchen Sie die Tür auf der anderen Seite, Gellert. Schnell!«

Mit derselben traumwandlerischen Sicherheit eines Insiders, die auch Vecchio in diesem Maschinenraum an den Tag gelegt hatte, eilte Gellert auf die andere Seite der Lok und versuchte hier sein Glück. Doch auch diese Abtrennung ließ sich nicht einen Zentimeter weit öffnen.

Sie waren eingesperrt.

Danzig hätte nie gedacht, zu solch einem absurden Hirngespinst fähig zu sein; vielleicht war es ja auch nur der Blutverlust, der sein rationelles Denken so weit geschwächt hatte, um diese Flause entstehen zu lassen. Dennoch konnte er sich eines Eindrucks nicht erwehren und fasste ihn in klare Worte: *Vecchios Mädchen hatte beschlossen, sie nicht gehen zu lassen, bis ihr Vater zurück war.*

10

Diesen unvermittelten Rückzug hatte Maike nicht erwartet, nicht nach dem Zorn, der den alten Psycho vor einem Moment noch förmlich geschüttelt hatte. Maike sah ihm verdutzt nach. Insgeheim fühlte sie sich um die Chance auf eine neue Schmähkanonade betrogen, hauptsächlich aber war sie von Sorge um Berndie und Mister Maßanzug erfüllt.

Fuck! dachte sie. *O fuck, fuck, fuck! Waren die beiden schon aus der Lok raus? Hatten sie genug Zeit gehabt?*

Kurz entschlossen kam sie aus ihrer Deckung und hetzte hinüber zur Halle, hielt sich nahe an deren Seitenwand, während sie sich dem Einstiegsfenster näherte. Der verquasten Logik hanebüchener Thriller nach hätte sie der alte Mann in diesem Moment von der Rückseite aus angreifen müssen. Aber nichts dergleichen geschah. Maike wusste, dass die dunkle Halle nur einen benutzbaren Ein- und Ausgang hatte, und zwar das zerschlagene Fenster, auf das sie in diesem Augenblick zuschlich. Der alte Mann *konnte* sie nicht austricksen. Dennoch checkte sie bei jedem Schritt unwillkürlich *beide* Seiten sorgfältig. Besser kein Risiko eingehen.

Knappe fünf Meter, bevor sie das Einstiegsfenster erreicht hatte, begannen plötzlich alle Alarmsirenen in ihrem Kopf laut zu jaulen. Da war ein Geruch in der Luft ... ein Aroma, das sie als langjährige Bewohnerin bezahlbarer Wohnungen in heruntergekommenen Mietshäusern genau kannte: Es war der typische Mief ungepflegter alter Männer, eine Mischung aus Schweiß, Fußgeruch, Fetthaaren, ranzigem Essen und ungewaschener Kleidung.

Abrupt erstarrte sie, den Blick starr auf den leeren Fensterrahmen gerichtet.

Du selten blöde Trulla! schrie sie sich in Gedanken an. *Denk doch mal nach - wenn irgendwas, dann ist dies eine Falle für dich! Er hat den Spieß umgedreht und versucht nun, dich aus der Reserve und in die Halle zurück zu locken, wo er mit dem Messer oder der Kanone direkt hinter dem Fenster auf dich wartet. Dieser Trick ist sogar noch älter als diese der-Killer-ist-immer-auf-der-anderen-Seite-Masche. Und fast wärst du drauf reingefallen, du Vollpfosten! Mal sehen, ob du dann immer noch so viel coolen Nervenkitzel an dieser Sache gehabt hättest.*

Das stimmte natürlich. Verdammt, wie hatte sie nur so blind sein können? Fast hätte sie sich wie einer jener Charaktere aus einem B-Horror-Film benommen, denen man ob ihrer Blödheit das unvermeidlich blutige Ende fast gönnte.

Sie machte einen Schritt zurück, so dass sie mit dem Rücken die klamme Backsteinwand der Halle berührte, und entfernte sich lautlos wieder von dem Fenster. Nichts wie weg von der viel zu nahen Geruchsquelle.

11

Ob es nun eine Art kognitiver Vorahnung oder ihre feine Nase war, die Maike hatte zögern lassen, in jedem Fall lag sie goldrichtig: Mit dem Bajonett in der linken und der Pistole in der rechten Hand kauerte Vecchio in diesem Moment tatsächlich in einer Mauernische neben dem Einstieg und wartete auf sie. Sein Kopf pochte, und er zwang sich zu Geduld, was ihm aber schwer fiel. Noch immer pumpte Wut ungefiltert durch seinen verlebten Körper.

Dieses miese, kleine Flittchen. Sie würde ihr blaues Wunder erleben, sobald sie ihren strammen Hintern durch dieses Fenster schob. Er würde ihr das verluderte Schandmaul endgültig stopfen! Wo war sie überhaupt hergekommen? Wieso war sie hier? Und was hatte sie ...

In diesem Moment hatte *er* eine Eingebung, ähnlich wie Maike wenige Moment zuvor: *Das Flittchen hatte ihn reingelegt* – das *war es, was sie getan hatte!* Sie hatte ihn verarscht und gereizt ... *und damit von seinem Mädchen weggelockt.* Nie hätte er auf diesen Trick hereinfallen dürfen. Scheiße! Scheiße! Scheiße! Sein Kopf flog so schnell zu der Lokomotive herum, dass sein Genick laut knackte. Jetzt fürchtete er um das Futter im Maschinenraum, das sein Mädchen so dringend brauchte. Was, wenn der Großkotz entkommen war? Vecchio verspürte eine regelrechte Explosion der Sorge.

Hurtig kam er aus der Nische neben dem Fenster und stapfte auf sein Mädchen zu, wobei seine Sandalen bei jedem Schritt schmatzende Geräusche von sich gaben. Um das Flittchen konnte er sich auch noch später kümmern (zumal er ziemlich sicher war, dass auch sie zurück zur Lok kommen würde, wenn *er* da war.) Jetzt ging sein Mädchen vor.

12

»Er kommt!«, rief Gellert und zuckte wie von der berühmten Tarantel gestochen vom linken Maschinenraumfenster zurück, durch das er nach draußen gelinst hatte.

»Keine Panik«, sagte Danzig und ließ sich zu Boden gleiten, was in seinem momentanen Zustand einer Erholung gleichkam. »Denken Sie an unseren Plan. Alles wird klappen!«

»Ihr Wort in Gottes Ohr!«, sagte der Autor.

Seine Augen hinter der runden Nickelbrille schienen immer größer zu werden, je näher Vecchio der Lokomotive kam.

13

Von außen sah sein Mädchen unverändert aus. Keine der Türen stand offen, und alles wirkte ruhig. So weit, so gut. Der alte Mann schob die Waffe zurück in die Tasche seiner Joggingjacke und klemmte das Bajonett zwischen die Zähne. Dann kletterte über die zwei Hilfsstufen vor dem Drehgestell nach oben.

Auch hier war alles, wie er es verlassen hatte.

Mit einer Hand auf der Lehne des Lokführersitzes hielt einen Moment inne, als wolle er sein Mädchen um Hilfe bitten oder wenigstens ihre Meinung erfragen. Sie antwortete jedoch nicht, sondern umschloss ihn einfach nur auf ihre enge, metallene, unbeschreiblich *einnehmende* Art und Weise. Schon damals, vor all den Jahren, hatte er diese intime Nähe und Verbundenheit genossen, als er während der Fertigung zahllose Stunden in seinem Mädchen verbracht hatte. Stets war es gewesen, als hätte er sie nicht einfach betreten, sondern wäre willig in sie geglitten, worauf sie mit völliger Selbstverständlichkeit Besitz über ihn ergriff. Nun schienen alle diese Jahre einfach dahin geschmolzen zu sein. 18 276 hielt ihn wieder fest, so wie eine gute Muschi seinen *Coglioni* umschlossen hatte, als er noch ... nun, als er den Kameraden noch für was anderes als zum Pissen benutzen konnte.

Seine Sorgen fielen nicht von ihm ab, waren aber nun gedämpft. Was immer die Schlampe da draußen vorgehabt hatte, es hatte anscheinend nicht funktioniert. Entschlossenheit überkam ihn, als er das Bajonett wieder in die Hand nahm und seine angenehme, tödliche Schwere spürte. Blut *würde* heute noch fließen, und zwar reichlich, keine Frage. Das Versprechen, das er gegeben hatte, war bindend – und er wusste, sein Mädchen würde ihn beim Wort nehmen. Sie verließ sich auf ihn!

Er öffnete den äußeren Türschott – unter seinen Fingern glitt der Verschluss so mühelos aus der Halterung wie frisch geölt – und sah sogleich den Großkotz regungslos neben dem Heizkessel in der Mitte des Maschinenraums liegen. Das Futter war noch da, was ihn einerseits erleichterte, aber Vecchio verspürte bei seinem Anblick dennoch einen weiteren Stich der Beklemmung: *Was, wenn der Großkotz gestorben war, während er dieser Schlampe nachgerannt war? Sein Mädchen würde kein totes Fleisch akzeptieren.* Das Unbehagen war jedoch zum Glück grundlos, denn als Vecchio in den Motorenraum trat, stieß das Futter am Boden ein dumpfes, schmerzerfülltes Ächzen aus und begann, sich wie ein Fisch auf dem Trockenen zu winden.

Bestens! Heißes Blut. Frisches Fleisch. So, wie es das Mädchen mochte. Zufrieden hoben sich Vecchios Mundwinkel. Seine Hand schloss sich fester um das Bajonett.

»Gleich, mein Mädchen!«, flüsterte er, sein Herz vor Ungeduld und Erwartung wild pochend. Er hatte ersten Schritt voran noch nicht vollendet, als er im Augenwinkel eine Bewegung links von sich erhaschte, hinter dem MTU MB12V-Dieselmotor. Jemand war auf der anderen Seite des Maschinenraums. *Es war also doch eine Falle!* Er hätte sofort reagieren sollen – und seine Hand zuckte auch schon zu der kleinen, tschechischen Pistole in seiner Jackentasche. Aber es war die Tatsache, *wen* er dort sah, die ihn unbewusst zögern ließ. Auch er hatte fast alle Bücher dieses Mannes in seiner Eisenbahnbibliothek stehen. Entgeistert riss er die Augen auf. Dann explodierte ihm ein Schwall Löschschaum ins Gesicht, raubte ihm schlagartig Wahrnehmung, Atemluft und Orientierung. Blindlings tat er das, was er schon Momente früher hätte tun sollen: er drückte ab.

14

Es war wie Russisches Roulette. Bis er den Sicherungshebel an der Sprühdüse herabdrückte und das Ventil öffnete, hatte Gellert keine Ahnung, ob der sieben Jahre alte Feuerlöscher überhaupt funktionieren würde. Er bezweifelte es. Einen Sekundenbruchteil lang *wusste* Gellert sogar, dass der Minimax nichts ausspucken und sich die grenzenlose Überraschung auf dem Gesicht des alten Mannes jäh in Mordlust verwandeln würde.

Doch dann blähte sich fauchend und zischend vor der Düse eine grauweiße Wolke auf und schien den Greis mit dem Bajonett in der Hand zu verschlucken.

Ab da schien alles im selben Augenblick zu passieren:

Gellert hörte einen Aufschrei, der in würgendes Husten überging, dann lautes Poltern, Krachen, Schritte, noch einen Schrei – und einen grellen, ohrenbetäubenden Peitschenknall, als irgendwo in dem Nebel die Pistole losging. Das Gehäuse der ersten Lüftergruppe zerplatzte - *»Gellert!«*, schrie Danzig – und Gellerts Finger quetschten das Sicherungsventil des Minimax erneut zusammen. Sofort schickte er zwei weitere Sprühstöße hinter der ersten Wolke her, einen links des Motors, den anderen rechts davon. Danach zwängte er sich ruckartig an dem stummen Dieseltriebwerk vorbei (*einem der zwei Herzen der Lokomotive,* dachte er) und hieb mit dem flachen Boden des Löschers unbesonnen in den Nebel hinein, wo er den alten Mann vermutete. Doch der Feuerlöscher prallte nur mit einem dumpfen Dröhnen von der Außenwand der Lokomotive ab. Eine Schockwelle raste Gellerts Arm hinauf bis in die Schulter und ließ seine gesamte rechte Körperhälfte taub werden. Nur mit Mühe und äußerster Willenskraft schaffte es Gellert, den Minimax nicht loszulassen. Dies rettete ihm wenige Sekunden darauf das Leben.

15

Zehn, fünfzehn Meter neben dem zerschlagenen Fenster kauerte Maike an der Backsteinmauer und wartete. Sie hatte zwar kurz zuvor Schritte in der Halle vernommen, aber sie traute der Sache nicht. So lange sie nicht sicher war, wo sich der alte Stinker befand, konnte sie nichts anderes tun, als auf eine Chance zu hoffen, den Psychosenioren wieder nach draußen zu locken. Er konnte überall in dieser Halle sein und mit der Kanone und dem Messer auf sie lauern. Sie hingegen war nur mit ihrem Kopf und ihrem Mundwerk gerüstet.

Beim ersten Schuss, der zwar gedämpft, aber unüberhörbar aus der Halle nach draußen schallte, sprang Maike auf die Füße. *Scheiße!* dachte sie verzweifelt. Ihr Magen verknotete sich wie in der Achterbahn.

Mit langen Schritten näherte sie sich wieder dem Eingangsfenster. Als sie nur einen Atemzug später den zweiten Schuss vernahm, fiel alle Vorsicht endgültig von ihr ab und sie dachte nur noch an Berndie und den Verletzten. Kurz entschlossen sprang sie durch den glaslosen Rahmen und hastete auf die V200 zu, die so unverrückbar wie der Fels von Gibraltar über ihren Schattenbahnhof herrschte und all die Aktion in ihrer Umgebung beinahe zu genießen schien. Ihr bislang typisch mürrisches Gesicht der 200er Serie hatte nun etwas bösartig Grinsendes. *Warte nur ab,* schien sie zu sagen.

Warte nur ab!

16

Als jählings eine Stichflamme aus der Wolke hervorzüngelte, der Mündungsblitz der blind abgefeuerten Pistole, hätte das Projektil überall enden können, mit ziemlicher Sicherheit sogar irgendwo in Gellerts Körper. Stattdessen fuhr die Kugel nur in den Feuerlöscher und brachte dessen Metallgehäuse zum Bersten. Noch mehr Löschschaum eruptierte in die Luft, rollte dann wie der pyroklastische Strom eines Vulkanausbruches zu Boden und nahm endgültig jede Sicht.

Hustend und orientierungslos wollte sich Gellert zu Boden werfen, doch er bekämpfte den Drang; wenn er jetzt aufgab, würde er wahrscheinlich nie wieder aufstehen. Er holte aus und hieb den leeren Minimax instinktiv in die Richtung, wo er die Stichflamme gesehen hatte. Unverhofft traf er etwas Weiches, Nachgiebiges und hörte einen wütenden Schmerzenslaut. Augenblicklich, bevor sein Gegner reagieren konnte, kam Gellert mit einem weiteren Schlag, diesmal mit der Unterseite des Zylinders. Zuerst schien ihm das Ziel zu entgleiten, dann krachte die Metallröhre voller Wucht auf ein Körperteil, und der alte Mann jaulte auf. Wieder stanzte die Pistole ein Leuchtfeuer in den Smog, das hintere Maschinenraumfenster berstend, blauer Pulverrauch in der Luft, Gellert ausholend, den Feuerlöscher schwingend, aber jetzt verfehlte er sein Ziel. Indessen spürte er einen Luftzug, sah Bewegung im Nebel, und er realisierte, dass der alte Mann in den Führerstand zu entkommen versuchte.

Nein! durchzuckte es seinen Kopf. *Tu etwas!*

Wenn die Türe hinter dem Alten zufiel, waren sie wieder hier gefangen. Und auch Maike wäre dem Psychopathen ausgeliefert.

Obwohl seine Lungen nach Puste, nach Luft, nach Sauerstoff schrieen, sprang Gellert Schulter voran hinter seinem Widersacher her. Er polterte in den sich rasch verengenden Spalt zwischen Rahmen und Pforte, wobei sich die Türklinke tief in seinen Rücken oberhalb der rechten Niere bohrte. Dahinter rempelte er den alten Mann energisch zur Seite, sah plötzlich den Stahlboden des Führerstandes auf sich zurasen und versuchte noch, den Sturz mit der rechten Hand abzufangen, aber es war zu spät. Mit dem Brustkorb schlug Gellert auf den Stufen zum Führerstand auf, bevor der alte Mann auf ihm landete. Das letzte bisschen Luft wurde ihm abrupt aus den Lungen gequetscht. Sterne explodierten vor seinen Augen, verwandelten sich in wabernde Lichtschlieren, während zermalmende Schmerzen sein System in Sekundenbruchteilen völlig lahm legten. Selbst als er spürte, wie sich der alte Mann von ihm löste und aufrappelte – verflixt, war dieser Kerl *zäh* –, war Gellert nicht in der Lage, sich zu bewegen. Er konnte nicht mehr. Qual und Sauerstoffentzug hatten einen Kurzschluss zwischen Gehirn und Gliedmaßen verursacht.

Also würde er sterben, hier und jetzt, unter dem Messer oder durch eine Kugel des verrückten Senioren. Vielleicht *war* er ja auch schon tot. Warum aber hörte er dann aber immer wieder den alten Mann etwas krächzen und greinen, das wie: »*Nicht meines ... nicht ich ... nein ... nicht meines ... nicht ich!*« klang? Wieso tropfte etwas auf ihn herab, obwohl es hier nicht regnen konnte? Und was landete nun auf dem Boden neben ihm? War das immer so, wenn man starb?

17

Maike war nur noch fünf Schritte von der Lok entfernt, als ein dritter Schuss das rechte Motorenraumfenster in Stücke riss. Eine weiße Qualm- oder Dampfwolke verpuffte in der dicken Staubluft der dunklen Halle. Grimmige Kampfgeräusche und Schmerzenslaute folgten dem Nebel ins Freie, ließen Maike die letzten Meter zur 18 276 förmlich fliegen. Wie eine Katze sprang sie an der Flanke der Lok empor und klammerte sich an die Türklinke, doch der Eingang zu Führerstand 1 war fest verschlossen. Maike hangelte sich wieder zu Boden, hastete hinüber zur anderen Seite der Maschine. Aber auch hier gab es keinen Einlass. Voller Panik und Wut umrundete sie die V200, strauchelte zwischen den Schienen, kam wieder auf die Füße, stolperte erneut und konnte die Maschine im Hinterkopf fast hämisch lachen hören.

»*Miststück!*«, rief sie.

Sie hatte gerade die Hilfsstufen erklommen und die Hand um den nächsten Drücker geschlossen, als im Inneren der Lok ein dumpfer Tumult losbrach. Es dauerte nur einen Augenblick, dann hörte sie eine schmerzerfüllte Stimme, die unverständliches Zeug zu jammern begann. War das Berndie?

O Gott, dachte sie. *O Gott, o Gott, VERDAMMT!*

Mit aller Kraft rüttelte sie an der Türe, ohne jeglichen Erfolg. Dann plötzlich, als habe jemand auf den Knopf einer Zentralverriegelung gedrückt, glitt der Schott völlig mühelos nach innen hin auf. Was Maike im Inneren der Lok sah, würde sie nie vergessen. Selbst all die Jahre des Konsums düsterster Horror-filme hatten sie nicht auf diese Realität vorbereiten können: Überall war Blut auf dem Boden, wirklich *überall*. Regungslos lag Berndie auf der anderen Seite des Führerstandes, die Augen geschlossen, beide Arme weit ausgestreckt. Wie eine verirrte Flipperkugel taumelte der alte Mann, der auf Mister Maßanzug geschossen hatte, derweil durch die Kanzel. Sobald er gegen ein Hindernis prallte, torkelte er in eine andere Richtung weiter. Die Hände hatte er auf seine Körpermitte gepresst. Sein Gesicht war eine Maske der Verwirrung, der Pein und des Ärgers. Unablässig quoll dunkles Blut zwischen seinen Fingern hervor.

»Nicht meins!«, jammerte er immer wieder, während er seinen Lebenssaft über die Bodenplatten verteilte. »Ich hab's dir versprochen ... aber nicht meins ... *Nicht ich!*«

Der alte Mann sah zu Maike hinüber, mit einem Blick, der fragend und fassungslos und schrecklich enttäuscht war – der Blick eines Kindes, dessen bester Freund ihn soeben bestohlen oder betrogen hatte. *Das dürfte alles nicht passieren!* sagte diese Miene. *Das hier ist alles völlig falsch, was ist nur los? Warum passiert das? Mach, das alles wieder so ist, wie es sich gehört!*

Er schaute zaudernd an sich selbst herunter, zu dem Messer-griff, der ihm aufwärts gerichtet unterhalb des Brustkastens aus dem Körper ragte, zu dem nicht enden wollenden Blutstrom aus der Wunde, die jenes Messer in seinen Körper gerissen hatte, und hob den Blick schließlich wieder.

Sein letztes Ächzen lautete: »Scheiße! Nicht *meins!*«

Dann sah Maike das Leben aus ihm entweichen.

Einen Moment lang stand er noch da, blutend, schwankend, sein Mund eine letzte tonlose Frage oder Anklage formend, bis er allmählich die Augen verdrehte und in die Knie ging. In dieser grotesken, fast betenden Haltung tat er seinen letzten Atemzug. Danach kippte er vornüber und klatschte mit der Stirn auf dem Boden, sein eigenes Blut verspritzend wie ein Stein, der in eine Wasserpfütze geworfen worden war.

So endete der Mann, der vor über fünfzig Jahren genau an diesem Ort das erste Blut vergossen und damit eine maßlose

Kette des Unglücks in Gang gebracht hatte – er erlosch in einer Lache seines eigenen Blutes, nachdem er in sein eigenes Messer gefallen war.

Der Kreis hatte sich geschlossen.

18

Das Rad hatte tatsächlich eine volle Drehung abgeschlossen und war nun wieder am Ausgangspunkt angelangt. Oder wie es ein Spielklassiker mit derselben Art finsterer Ironie formulierte, die auch das Ende von Giuseppe Vecchio prägte: *Gehen Sie zurück zum Start, gehen Sie dabei nicht über LOS und ziehen Sie keine 200 Euro ein.* Der Kreis hatte sich geschlossen ... und blieb es auch. Vecchio erwachte nicht noch einmal zum Leben; er zog nicht unverhofft das Messer aus seiner eigenen Magengrube, um sich damit an Maike oder Gellert oder gar Danzig zu rächen. Giuseppe Vecchio war bereits tot wie der sprichwörtliche Türnagel gewesen, als er mit der Stirn in seinem eigenen Blut landete.

Und dennoch hatte das Ende der Geschichte, so wurde Maike später klar, durchaus einige jener Elemente, die in scheinbar keinem halbwegs modernen Horrorthriller fehlen durften; weder solchen, die man auf DVD konsumierte, noch denjenigen, die sich ihren Weg in die Realität und das eigene Leben schlichen. Auch hier war es an der emanzipierten, unerschrockenen Heroine mit dem großen Mundwerk gewesen, die beiden harten Kerle (alias Helden oder Hauptfiguren) nach getaner Arbeit endgültig die Ärsche zu retten.

Zunächst musste sie sich um Berndie kümmern, was sich allerdings als nicht wirklich aufreibend entpuppte, da er die Augen bereits langsam aufschlug, als sich Maike noch schluchzend vor Angst neben ihn kniete.

Seine erste geächzte Frage war: »Bin ich tot?«

»Yep!«, antwortete Maike. Ihre Erleichterung in diesem Moment war grenzenlos. »Und ich bin Gisela, Petrus' Sekretärin. Ziehen Sie eine Nummer und nehmen Sie da drüben Platz, bis mein Chef wieder zurück ist.«

»Wenn ich tot bin«, murmelte Gellert und schloss die Augen wieder, »und Sie sind hier, wo ich bin, dann ist einer von uns ganz sicher am falschen Ort. Wo ist der Alte?«

»Ziemlich *echt* tot«, sagte Maike unbehaglich. »Sieht so aus, als hätte er sein eigenes Messer abgekriegt.«

»O Gott!« Gellert ächzte. »Aber wo ist der andere? Der Verletzte? Er muss noch im Maschinenraum sein.«

»Ich schaue nach«, sagte Maike.

Bellendes Husten wies ihr den Weg. Mister Maßanzug (dessen echten Namen Maike erst einige Tage später erfahren sollte) lag in der Mitte des Motorenraums unter etwas, das wie eine Lage pulveriger Neuschnee aussah. Mit den Händen schaufelte sie ihn frei und fächerte ihm dann fast zehn Minuten lang frische Luft zu, ehe er stabil genug wirkte, dass Maike ihn alleine lassen konnte, um Punkt zwei der Heldenrettung anzugehen: So sehr sie es auch hasste, sie hatte keine andere Wahl als Berndie und Mister Maßanzug für eine Zeit in der Lok zurücklassen, um Hilfe zu holen.

Natürlich alleine und unter immensem Zeitdruck kletterte sie aus dem Eingangsfenster des Schattenbahnhofs und eilte davon. Erst, nachdem sie sich fast hundert- oder zweihundert Meter von dem Gebäude entfernt hatte, gab ihr Handy wieder ein Lebenszeichen von sich und sie konnte die Ambulanz alarmieren. Nachdem sie haarklein durchgegeben hatte, wo sie war, und mit was die Sanitäter und Ärzte hier zu rechnen hatten, dämmerte ihr schon, dass mit ziemlicher Sicherheit auch die Bullerei hier in Kürze auf der Matte stehen würde.

Aber das war nicht zu ändern. Leider.

Mehr Sorgen bereitete ihr das Wohlergehen der beiden Helden in der V200 ... sowie die Lok selbst.

Aber dieses Unbehagen war grundlos. Es schien, als wäre die Lok nun zufrieden – zufrieden und besänftigt. Die Türen ließen sich öffnen, der alte Mann war immer noch tot, und sowohl Berndie wie auch Mister Maßanzug waren unter den Umständen wohlauf und blieben es auch.

Maike akzeptierte dies zuerst misstrauisch, dann beruhigt. Es mussten sich ja nicht alle Klischees eines Thrillers an diesem Ende erfüllen, so sehr sich Maike auch noch von jeglicher Realität entfernt und in einem Film ohne Titel und Abspann gefangen fühlte. Erst der Abstand zur dunklen Halle und der 18 276 sorgte dafür, dass dieser Eindruck endlich zu verblassen begann.

Sechstes Kapitel

ENDSPIEL

1

Zwei Wochen nach dem Tag in der dunklen Halle bremste Maike ihren klapprigen Fiat so vorsichtig sie nur konnte auf dem Besucherparkplatz einer Privatklinik am Isarufer. Die Rostlaube fiel an dieser Stelle nur unwesentlich mehr auf wie Maike selbst dies auf einer katholischen Trachtenveranstaltung getan hätte. Denn so diskret und gediegen das Klinikgebäude aussah, tatsächlich lag hier eine der exklusivsten (und teuersten) medizinischen Adressen ganz Deutschlands. Dies zeigte sich nicht zuletzt an der geballten Masse von Nobelkarossen, die sich auf dem Klinikparkplatz hinter Zäunen und dichtem Laubwerk den Blicken Neugieriger und Unbefugter entzog. Maike konnte den Eindruck nicht loswerden, dass all die fetten Limousinen und SUVs ihren kleinen Fiat gnadenlos *mobben* und *dissen* würden, sobald sie weg war.

Sie ging um den Wagen herum und öffnete die Beifahrertüre. Dann half sie Gellert, aus dem Wagen zu steigen. Beim Sturz auf die Stahlstufen im Führerstand der 18 276 hatte er sich vier Rippen gebrochen und einige andere angeknackst. Im Moment trug er deswegen ein steifes Stützkorsett, das seine Bewegungsfreiheit erheblich einschränkte und daher ein famoses Lieblingsobjekt für Maikes Spott abgab.

»Ich hatte gehofft, dass du wenigstens *jetzt* versuchen würdest, zu fahren und zu bremsen wie ein normaler Mensch«, sagte Gellert. »Stattdessen steigst du jedes Mal so in die Eisen, dass mir der Gurt fast zum Rücken wieder rauskommt. Ich glaube, das macht dir Spaß.«

»Der einzige, der immer noch nicht genug Spaß aus seinem Leben holt, bist du, Berndie, ich bleibe dabei.« Maike kicherte und beäugte ihn von oben bis unten. »Komisch, mit diesem Korsett läufst du nicht nur wie ein alter Mann, du *sprichst* auch wie einer.« Sie imitierte den Tonfall eines typisch verbitterten

Rentners: »Ach, dieses Jungvolk hat nichts als Flausen im Kopf. Und bremsen können die auch nicht mehr. Vor dem Krieg, *heidewitzka*, da konnten wir noch bremsen! Aber wir *wollten* nicht, dank dem Adolf und seinen Autobahnen. Wir brausten durch bis nach Polen. Wie der Blitz, sozusagen ... Blitz und Blitzkrieg, kapiert?«

»Ich bin nur alt, nicht verblödet«, erwiderte Gellert.

»Ach, Süßer, das kommt noch, keine Sorge.«

2

Das Gekabbel der beiden klang wie immer – und dennoch gab es kaum etwas, das wirklich noch wie vor jener Konfrontation war. Der Hauch von Unwirklichkeit war nie wieder völlig verschwunden, weder für Maike, noch für Gellert (obschon er diese Unsicherheit unter seiner normalen Bodenständigkeit verbarg.) Aber das, was sie durchgemacht hatten, hinterließ dauerhafte Spuren in beiden. Selbst die Tatsache, wer und *was* der Mann war, den sie an jenem Tag gerettet hatten, trug nicht gerade dazu bei, ihnen den Rückweg in die Normalität zu erleichtern. Im Gegenteil, seine Herkunft und Mission passte perfekt in diese zwielichtige Thrillerfantasie, die sich über Maike und Gellert gestülpt hatte.

Zumindest aber hielt dieser Peter Danzig Wort, als er die beiden beruhigte, dass sie sich weder über ihre Finanzen noch über rechtlichen Beistand wegen des Einbruchs auf das Werksgelände Sorgen machen mussten. Danzigs mysteriöser Arbeitgeber kümmerte sich tatsächlich um alles – er erwies sich als geradezu surreal großzügig und ließ eine hochklassige Armee von Anwälten aufmarschieren, die sich wie eine lebendige und effiziente Schutzmauer um Maike und Gellert postierte. Für Maike, die Anwälte bislang nur als gelangweilte, ausgebrannte Faulenzer von der Fürsorge oder intrigante Schleimscheißer kennen gelernt hatte, war dies eine völlig neue Erfahrung.

So war es auch eine wirkliche Geste der Dankbarkeit und nicht nur ein Mitbringsel, als sie einen riesigen Blumenstrauß und eine dicke Papiertüte aus dem Kofferraum des Fiats hievte. In der Tüte klirrte es bereits vielversprechend. Das Geräusch kam von fünf Flaschen Kölsch, die Gellert und Maike kurz zuvor in einem gut sortierten Biergeschäft in der Münchner Innenstadt gekauft hatten. Vor ein paar Tagen hatte Danzig am Telefon auf die Frage, wie es ihm gehe, geantwortet: »So langsam besser, aber ich habe dieses Patientendasein satt. Mir fehlt ein gutes Kölsch.«

Dieses kleine Geschenk würde ihn hoffentlich aufmuntern.

Danzigs Krankenzimmer im zweiten Stock der streng bewachten Privatklinik war ungefähr so groß wie Maikes komplette Wohnung und zehnmal so teuer eingerichtet. Gegen ein paar Wochen entspanntes Patientendasein in dieser Bleibe hätte Maike nichts einzuwenden gehabt. Aber dann erblickte sie einen bandagierten Peter Danzig, der gerade eine weitere plastische Gesichtsoperation hinter sich hatte, und ihr wurde klar, dass dies eben keine Suite in einem Luxushotel war, sondern - trotz aller Extravaganz - ein Raum für verletzte Menschen. *Vermögende* Menschen, aber dennoch mehr oder minder krank oder verletzt. Auf diese unschöne Konsequenz reagierte sie wie immer – mit ihrem Humor als Schutzschild.

»Servus, die Lebensretter sind eingetroffen«, rief sie ungezwungen und raschelte mit dem Blumenstrauß. »Wir haben Grünzeug für die Augen und ...« Sie schaute sich argwöhnisch um, bevor sie hinzufügte: »Flüssigmedizin vom Rhein für die Seele, alles klar? Apropos Augen: wenn Sie den Verband abnehmen, sind Sie dann darunter unsichtbar wie Claude Raines, Ray Milland, Chevy Chase oder Kevin Bacon?« Sie deutete das Abwickeln einer Mullbinde an und stöhnte dann voll Theatralik: »*Mein Gesicht, o Gott, wo ist mein Gesicht geblieben*? So was in der Richtung.«

Gellert verdrehte die Augen. »Hören Sie nicht auf sie, sie hat mich heute nur eine Stunde lang quälen können, und jetzt muss sie kompensieren.«

»Immerhin verdanke ich diesem Mundwerk mein Leben«, erinnerte Danzig.

»Komisch«, sagte Maike. »Das hat mein Ex auch immer gesagt. Wie geht's Ihnen, Herr Danzig?«

»Ich kann nicht klagen – jetzt, wo ich endlich die letzte Operation hinter mir habe«, sagte der Verkaufsagent. Er nuschelte noch ein wenig, eine Folge der Gesichtsrekonstruktionen, aber er bewegte sich so aufrecht und geschmeidig wie immer. »Ich werde als Andenken zwar eine Narbe zurückbehalten – die wird mich in Zukunft lehren, noch vorsichtiger zu sein! - aber der Rest ist wieder im Lot.«

»*Ich* finde, Narben sind sexy«, sagte Maike mit einem frechen Zwinkern. Sie ließ sich auf die Rolf-Benz-Couch vor der Fensterfront der Suite fallen und verwandelte sich in einen charmanten schwarz-violetten Akzent auf der makellos cremeweißen Oberfläche. Mit der flachen Hand strich sie über den seidigen, weichen Bezug. »Hmm, wie kuschelig. Glauben Sie, die würde jemand vermissen? Ach, egal. Was gibt's denn neues?«

»Einiges«, sagte Danzig. »Darum hatte ich auch gebeten, Sie beide zu sehen. Das meiste davon ist polizeiintern und vertraulich, aber als Ex-Kollege habe ich einen Bonus und höre einiges, das nicht für die Öffentlichkeit bestimmt ist. Und nach allem, was wir zusammen durchgemacht haben – und was Sie beide für mich getan haben – finde ich, dass Sie ein Recht darauf haben, komplett auf dem Laufenden zu sein.«

Maike verschränkte die Arme. »Wir sind ganz Ohr.«

3

Danzig begann mit den gesicherten Fakten: 18 276 würde sich bald auf ihren langen Weg in die USA machen, wo sie für immer in den Tiefen der Privatsammlung von Danzigs Auftraggeber verschwinden würde. (Als Danzig dies erzählte, fühlte sich Maike erleichtert; Gellert hingegen hatte wieder diese Kluft zwischen den Augenbrauen, die Maike inzwischen seine »*was für eine Verschwendung!*«-Falte nannte. Maike war immer noch nicht sicher, ob er damit nur zeigen wollte, wie stoisch er war, oder ob für ihn der Verlust einer gut erhaltenen V200 *wirklich* so schwer wog.)

In diesem Moment arbeitete ein Bergungsteam daran, so fuhr Danzig fort, die alten Zufahrtswege zur Halle zu reaktivieren, damit ein Tieflader so bald wie möglich den Schattenbahnhof erreichen konnte. Auf dem Rücken des Schwertransporters würde die Lok dann die erste Etappe ihrer Reise hinter sich bringen – eine langsame Fahrt in Richtung Rotterdam, wo die Maschine auf einen Frachter verladen werden würde. Der Endhafen jenes Schiffes war New Orleans. Dort wartete dann der nächste Tieflader auf die Lokomotive – diesmal mit streng geheimem Ziel: der Privatsammlung des Auftraggebers irgendwo in den endlosen Weiten von Nevada.

Unwillkürlich hatte Maike bei der Erwähnung der Sammlung wieder diese Bilder vor Augen: eine riesige Halle, eingegraben ins Niemandsland, gefüllt bis unter das Dach mit verfluchten oder morbiden Gegenständen. Neonröhren glimmten 24/7, so dass nie wirkliche Nacht in dem Lager herrschte (was angesichts der Historie einiger Exponate auch besser war.) Die interessantesten Ausstellungsstücke wurden von Punktlichtern aus der Masse hervorgehoben. Die klimatisierte Luft war konstant erfrischend und trocken; in Maikes Vorstellung war es in der Privatsammlung sogar so kühl, dass bei jedem Atemzug die Luft vor Nase oder Mund kondensierte.

Besuchte der Besitzer seine Sammlung jemals? fragte sie sich. *Oder begnügte er sich damit, sie aus sicherer Distanz per Webcam zu beobachten?*

Und was für ein Gefühl war es wohl, zwischen den endlosen Regalreihen entlang zu wandeln und all diese Dinge zu studieren, die man besaß und die mit dem Tod von Menschen in Verbindung standen? Hortete der Auftraggeber sie aus krankhaftem und makaberem Interesse, oder versuchte er eher, eine gewisse Schutzfunktion zu erfüllen, indem er all diese Gegenstände aus dem Verkehr zog und in diesem Mausoleum lagerte? Intuitiv tendierte Maike zu letzterer Alternative. Aber was hatte ihn dann dazu gebracht?

Sie wusste, dass ihre Phantasie von TV-Serien wie *Akte X* und Filmen wie *Indiana Jones* angestachelt war, in denen ähnliche Lagerhallen eine große Rolle spielten. Dennoch wäre sie erstaunt gewesen - obschon sie es nie erfahren sollte - wie nahe sie mit ihrer Vorstellung an der Realität lag.

»Mein Auftraggeber hat für strenge Sicherheitsauflagen während der ganzen Reise gesorgt«, sagte Danzig. »Keiner darf sich der Lok ohne Erlaubnis nähern. Und 18 276 selbst bleibt die ganze Zeit in einer versiegelten, kontrollierten Umgebung. Wir werden sehen, wie erfolgreich dies sein wird ... aber das liegt alles noch einige Zeit in der Zukunft.«

Leider, dachte Maike.

»Was gibt es Neues zu unserem Gerontenpsycho?«, fragte sie und ahmte Vecchios herumfuchteln mit dem Messer nach.

»Seine Geschichte ist wasserdicht«, sagte Danzig. »Alle Angaben, die er gemacht hat, stimmen bis ins Detail und lassen sich zurückverfolgen. Er war am Bau der Lok beteiligt. Und auch all die Unfälle währenddessen sind genau so passiert, wie er es geschildert hat. Das wissen Sie als Archivarin vermutlich genauso gut wie ich, Maike.«

Sie nickte stumm.

»Er hat bis vor knapp fünfundzwanzig Jahren in der Lokfertigung von Krafft-Martin geackert und war danach bis zu seiner Pensionierung vor zehn Jahren im technischen Kundendienst«, fuhr Danzig fort. »Nach seinem Ausscheiden bei KM lebte er ein paar Jahre am Rand von München und zog dann nach Senden bei Ulm, wo er einige sehr absonderliche Hobbys pflegte. Der kleine türkische Junge hatte Recht.«

»Ähm, wer hatte was?«, fragte Gellert.

Danzig erzählte von seiner Begegnung in der Nähe von Vecchios Wohnung und dem, was ihm der kleine Junge über »*den b'scheuerten alten Ficker*« erzählt hatte. »Und nun raten Sie beide mal, was wirklich in den Einmachgläsern war, mit denen Vecchio seine Wohnung gefüllt hatte«, sagte er danach.

»Eher keine Marmelade«, meinte Maike erschauernd.

»Ganz sicher nicht.« Danzig schüttelte den Kopf. »Tierleichen. Oder Teile davon. Aber das schrecklichste ist, dass auch menschliche Präparate darunter sind. Sogar ein ganzer Kopf. Jene Menge Gliedmaßen. Organe. Und Penisse. *Plural.*«

»*Yikes!*«, rief Maike. »Konnte man schon irgendwas davon ... na ja, identifizieren? Per DNA oder so was? Die Leichenteile an sich, nicht speziell die Penisse, meine ich.«

Dafür kassierte sie einen strafenden Blick von Gellert.

»Noch nicht«, sagte Danzig. »Momentan ist man noch beim Katalogisieren und Datieren der Sammlung. Davon erhofft man sich erste Aufschlüsse – nicht zuletzt darüber, ob Vecchio nun wirklich ein Serienmörder war und es sich hierbei um Teile seiner Opfer handelt, oder ob er schlichtweg das war, was man einen Ghul nennt – einen Leichenschänder, der sich auf Friedhöfe geschlichen und dort an frisch beerdigten Leichen bedient hat.«

Maike hoffte auf letzteres. Serienmörder hatten für sie auszusehen und sich zu benehmen wie nette Spezialisten für Blutspritzer oder hochgebildete Psychologen mit einer Schwäche für Flötistenbries, nicht in speckigen Feinripphemden und Jogginghosen herumzulaufen und kaum in der Lage zu sein, einen vollständigen Satz zu formulieren. Wie *desillusionierend* die Realität manchmal sein konnte.

»Die Pistole stammt aus Tschechien, eine Brünner CZ45, eine frühere Armeewaffe«, sagte Danzig. »Die Seriennummer war abgefeilt. Vermutlich hat Vecchio die Waffe bei einem Schwarzhändler gekauft. Nach dem Zusammenbruch des Ostblocks haben solche Waffen den illegalen Markt hier geradezu überflutet.«

»Alles schön und gut«, sagte Maike ungeduldig. »Aber was doch viel wichtiger ist: hat Vecchio die 18 276 wirklich in einen Unglücksmagnet verwandelt? Hat er diese Lok während des Aufbaus mit all seiner ... seiner ... Verrücktheit und seiner Bösartigkeit, die damals schon so groß war wie heute, kein Zweifel, sozusagen angesteckt? Bis sie ebenso auf Blut hungrig war wie er? Ein Vampir auf Schienen, sozusagen.«

Im selben Moment wusste Maike, dass sie damit wohl ein wenig zu weit gegangen war.

»Ach Maike«, sagte Gellert in diesem schrecklich oberlehrerhaften Ton, der die junge Frau jedes Mal zur Weißglut brachte; vor allen Dingen, wenn sie die Reaktion selbst ein wenig provoziert hatte. »Das sind doch Schauermärchen. Eine Lokomotive ist ein unbeseelter, von Menschenhand gebauter Gegenstand aus Stahl, den man nicht mit etwas *anstecken* kann.«

Maike explodierte förmlich: »Bullshit! Okay, der Schienenvampir war *over the top*. Aber, Berndie, du *kennst* die Geschichte der Lok. Und du warst dort im Schattenbahnhof. Du hast am eigenen Leib erlebt, was passiert ist, oder nicht?«

»Ja, das habe ich«, antwortete Gellert ungerührt. »Ich und Herr Danzig sind dort von einem alten Psychopathen mit einer obsessiven Beziehung zu einer Lokomotive, die er gebaut hat, fast ermordet worden. *Das* ist passiert.«

»Und die klemmenden Türen, die sich plötzlich wie von Geisterhand öffnen ließen, sobald Vecchio Hand anlegte?«

»Stahl verformt sich unter klimatischen Bedingungen, das nennt sich Physik, junge Dame.«

»Stahl verformt sich nicht einfach mal so mal so in wenigen Augenblicken – *das* nennt man einen ziemlich seltsamen Zufall, Herr Oberlehrer.«

»*Hallo, ihr zwei?!*«, sagte Danzig. »Könnt ihr euch einigen, dass ihr euch nicht einigt? Dass diese Frage sich nicht völlig beantworten lässt? Einerseits haben wir es hier mit etwas zu tun, das man nüchtern betrachtet zu Recht als Kette von finsteren Zufällen betrachten kann. Aber andererseits arbeite ich seit Jahren mit Dingen, die landläufig als verflucht oder verwünscht gelten. Vielleicht färbt doch mehr von der Seele des Erschaffers und Erbauers auf seine Kreation ab, als das Auge sieht. Vielleicht *gibt* es Dinge, die wie eine Batterie die gute oder auch schlechte Energie ihres Erschaffers speichern. Letztlich haben beide Seiten gute Argumente. Zu welcher Seite man tendiert, hängt nur von der persönlichen Einstellung ab und ist weder richtig noch falsch. Und jetzt Ruhe, ihr zwei Streithähne ... oder Hennen, je nachdem. Hier ist ein kranker Mann, ihr solltet mich aufmuntern, nicht erschlagen.«

In diesem Moment fand es Maike jammerschade, dass sie Danzigs Mienenspiel unter dem Kopfverband nicht sehen konnte. Plötzlich plagte sie nämlich eine Frage: *Wusste er wieder einmal mehr, als er zugab?*

Maike war ziemlich sicher, dass er diese Diskussion nicht nur darum unterbunden hatte, weil er noch in Rekonvaleszenz war (oder nicht *nur*.) Sie beließ es jedoch dabei. Diesmal. Auf lange Sicht würden ihr Peter Danzig und seine Geheimnisse aber nicht entkommen, ebenso wenig wie der Schienenvampir aus der Welt war. Geparkt. Gesichert. Aus den Augen.

Aber *nicht* aus dem Sinn.

»Amen«, sagte sie und hob die Hände, zeigte in einer friedensstiftenden Geste ihre Handflächen und warf Gellert einen Luftkuss zu. Aber dann blitzte es in ihren Augen, und sie fügte hinzu: »Aber *ich* weiß, was *ich* glaube. Und *ich* weiß, dass *ich* Recht habe.«

»Musst du *immer* das letzte Wort haben?«, fragte Gellert.

»Besser als den letzten Atemzug«, erwiderte Maike.

Der Status quo war wieder hergestellt.

S.A.M.
Weiherhof, Bukarest
20.08.2008 bis 06.02.2014